BBULMEDIA

http://www.bbulmedia.com

http://www.bbulmedia.com

영웅전설

영웅전설
무 람 판타지 장편 소설
2
뿔미디어

CONTENTS

1.
악연의 정리와 정보를 얻다

브레인은 공작이 되자 가장 먼저 경매장을 방문하였다.

그동안 맡겨 놓은 보석을 팔은 돈을 찾기 위해서였다.

"어서 오십시오. 공작 전하."

"제리코 경의 마중을 받고 기분이 좋소."

"하하하, 감히 왕국의 공작께서 오셨는데 당연히 마중을 나와야지요. 저는 오래 살고 싶습니다."

제리코는 확실히 눈치가 빠른 사람이었다.

경매장을 운영하고 있어서인지 처신을 하는 것에도 일가견이 있다는 생각이 들었다.

"하하하, 내가 제리코 경을 죽이기라도 한다는 소리 같소?"

"그렇기야 하겠습니까. 다만 제가 처신을 잘못해서 죽을 수도 있다는 이야기입니다."

왕국의 직영지인 경매장에서 공작의 방문을 무시할 수는 없는 일이었다.

제리코는 바로 그 점을 말하는 것이었다.

"이거 내가 와서 이상한 소리만 하는 것 같소. 오늘 내가 온 이유는 알지요?"

"이미 준비를 해 두었습니다. 공작 전하."

브레인은 제리코의 말에 역시라는 생각이 들었다.

거금을 이미 준비해 놓았다는 것은 자신이 찾아갈 것이라 예상을 하고 있었다는 말이었다.

"자, 그럼 나의 물건을 찾으러 갈까요?"

"안으로 모시겠습니다. 공작 전하."

제리코는 브레인을 데리고 안으로 들어갔다.

경매장에는 은밀히 움직이는 귀족들이 많아 방음이 확실히 되어 있는 방들이 많았다.

브레인은 그중 한곳에 안내를 받았다.

"여기 안에 들어가시면 금화가 담겨 있는 상자가 보이실 것입니다. 확인을 해 주시기 바랍니다."

"고맙소. 제리코 경."

브레인은 안에 들어가며 간단하게 인사를 해 주었다.

방으로 들어간 브레인의 눈에 보이는 것은 제법 크기가

큰 상자였다.

현금으로 십구만 골드라면 무게도 장난이 아니었다.

하지만 브레인에게는 무한의 주머니가 있으니 걱정이 없었다.

"흠, 제법 준비를 단단히 하였군."

브레인은 상자에 있는 금화를 모조리 주머니에 담았다.

브레인은 경매장에서 거금을 찾아 돌아가기 위해 방을 바로 나왔다.

제리코는 브레인이 들어가 상자를 가지고 나올 것을 예상하였는데, 나올 때는 들어갈 때와 동일한 모습이라 놀라고 있었다.

입구에는 마차가 대기를 하고 있었고 제이슨 경과 기사들이 호위를 하고 있었다.

마차에 탄 브레인은 바로 제이슨에게 지시를 내렸다.

"출발하시오."

"예, 공작 전하."

두두두.

마차는 브레인의 저택으로 달려갔다.

마차가 가는 것을 지켜보는 눈길이 있었으니 바로 도둑 길드의 마스터인 베라인이었다.

"흐흐흐, 보석 한 개의 가치가 이십만 골드라는 말이지. 그렇다면 나머지 보석은 모두 나의 차지가 되어야겠지."

베라인은 탐욕이 어린 시선으로 마차를 보고 있었다.

왕국의 공작이 되었지만 아직 마스터라는 것은 비밀로 지켜지고 있었다.

왕국의 귀족들이 입에 자물쇠를 채웠기 때문이었다.

자신들의 왕국도 아닌 타국의 귀족이 마스터의 경지에 도달하였다고 광고까지 해 줄 필요는 없는 일이었다.

단지 왕국에 소문이 도는 이유는 바로 국왕이 그렇게 지시를 하여서였다.

마스터라는 것은 숨겼지만 왕국의 명예 공작이라는 말은 숨기지 않고 소문을 내고 있었던 것이다.

시간이 지나면 마스터라는 것이 밝혀지겠지만 그때는 헤이론 왕국의 입지가 조금 좋아질 것이라는 생각에서였다.

그런 사정을 모르는 도둑 길드의 마스터는 아직도 꿈을 꾸고 있는 중이었다.

저택의 서재에는 브레인이 의자에 앉아 무언가를 열심히 적고 있었다.

"휴우, 이거 직접 써야 하니 조금 힘이 드네."

브레인이 쓰고 있는 것은 바로 마나 호흡법과 가문의 기사들이 익히는 검술이었다.

고대 제국의 근위병사들이 익히고 있는 것이지만 결코

약하지 않는 고급 검술이었기 때문에 가문의 기사들에게는 그 검술을 알려 주려고 마음먹은 브레인이었다.

"마나 호흡법은 글로 남겨도 되는데 검술은 조금 그러네. 아직 내가 그림은 약한데 말이야."

브레인의 말대로 검술 서적을 보면 대부분이 그림으로 표현을 하고 있었다.

검술 서적은 그렇게 해야 보는 사람이 이해를 할 수 있어서였다.

"우선 마나 호흡법은 책으로 보게 하고 검술은 내가 직접 알려 주면 되겠지."

브레인은 그림에는 정말 소질이 없다고 생각하고 이내 포기를 하고 말았다.

제이슨은 이제 가문의 기사가 되었으니 가문의 마나 호흡법을 알려 주려고 하였다.

물론 검술도 알려 주고 말이다.

브레인은 검술을 알려 주면서 자신도 익히려는 속셈이었다.

사실 브레인이 마스터의 경지에 도달하기는 했지만 아직 검술은 마스터라고 하기에는 부족한 실력이었다.

마스터의 경지를 깨달음으로 얻은 것이 아니라 강제로 마나를 늘려 만들었기 때문이다.

일명 반쪽짜리 마스터였다.

그래도 열심히 수련을 해서 지금은 검술도 최소한 최상급의 경지는 된다고 생각하는 브레인이었다.

"제이슨 경, 안으로 들어오시오."

"찾으셨습니까. 공작 전하."

브레인은 자신이 열심히 쓴 책을 주었다.

"여기 우리 가문의 마나 호흡법이니 반드시 익혀야 하오. 그리고 가문의 검술은 내가 알고 있으니 직접 알려 주겠소."

제이슨은 브레인이 직접 지도를 해 준다고 하니 속으로 기쁨에 환호를 지르고 있었다.

마스터에게 직접 지도를 받는다는 것은 더없는 영광이었기 때문이다.

"영광입니다. 공작 전하."

"일단 마나 호흡법을 익혀야 하니 열심히 수련을 하시오. 검술은 조만간에 시작하도록 합시다."

"예, 공작 전하."

"아차, 기사들을 모으는 일은 어찌 되었소?"

"지금 연락을 하고 있는 중입니다. 며칠만 시간을 주시면 기사들이 모일 것입니다."

브레인은 고개를 끄덕이며 손짓을 하였다.

제이슨은 브레인의 손을 보고 조용히 고개를 숙여 인사를 하고는 나갔다.

브레인은 이제 왕국의 공작이 되었으니 어느 정도는 준비를 할 수 있는 상황이었다.

다른 나라에 가도 신분은 확실하였기 때문이었다.

자신이 가지고 있는 인장은 제국의 백작가는 맞지만 이제는 작위만 남아 있는 그런 가문이었기에 혹시나 하는 마음에 조심을 하려고 하였는데, 헤이론 왕국에서 자신에게 기회를 주었던 것이다.

"이제 작위의 문제는 해결이 되었고 다음은 무엇을 해야 하나?"

브레인이 생각하기로 어느 정도는 헤이론 왕국에서 기반을 닦을 생각이었다.

사람이 움직이는데 가장 중요한 것이 돌아갈 곳이 있어야 했다.

즉, 본거지가 있어야 하는데 브레인은 본거지가 없었다.

그래서 헤이론 왕국에 본거지를 마련하려고 하였는데, 이제 작위까지 주었으니 더욱 편하게 일을 할 수 있게 되었다.

"당장은 할 일이 없으니 기사들을 모아 수련을 시키는 것으로 하자."

기사들의 수련을 함께하면 자신도 도움을 받을 수 있기 때문이었다.

기사들과 대련을 하면서 실전 감각도 익히고, 검술의 숙련도도 높일 수 있는 절호의 기회라고 생각하는 브레인이었다.

아직 자신에게 오는 기사들의 실력을 모르고 말이다.

어둠이 수도의 하늘을 덮고 있을 때 조용히 움직이는 그림자가 있었다.

저택의 경비들도 모르게 은밀히 움직이는 그림자는 저택의 안으로 침입하고 있었다.

브레인이 자는 방은 이층에 있었다.

그림자는 브레인이 자는 방으로 조용히 잠입을 하고 있었다.

그림자는 자고 있는 브레인을 보고 입가에 비릿한 미소를 짓고 있었다.

'흐흐흐, 보석들이 나를 부르는구나.'

그림자는 바로 베라인이었다.

탐욕에 의해 결국 스스로 훔치기 위해 잠입을 하였던 것이다.

그림자는 조용히 품에 보관하고 있던 단검을 꺼내 침상으로 다가갔다.

벌떡.

침상으로 가고 있는 베라인은 갑자기 브레인이 일어서는 바람에 깜짝 놀랐다.

"허걱!"

"어서 오시게, 내가 도둑 길드와 인연이 많은 것 같네."

브레인은 담담하게 베라인을 보며 말을 했다.

브레인은 이미 도둑이 들어오는 것을 감지하고 있었다.

이는 브레인의 특이한 체질 덕분이었다.

은밀히 들어오는 것을 감지하였지만 그냥 자고 있는 것처럼 위장을 하여 조용히 처리하려고 하여서였다.

그런데 침입자를 보니 예전에 자신과 악연이 있는 자였다.

반드시 갚아 주어야 하는 빚이 있었는데, 참으로 마음에 들게 직접 찾아와 주었으니 아주 마음에 들었다.

"내가 오는 것을 알았느냐?"

베라인은 자신의 침입을 알고 있는지가 가장 궁금했다.

스스로 왕국에서는 가장 은밀한 도둑이라고 자부하고 있었는데 오늘은 완전히 망신을 당하는 날이었다.

그래도 브레인의 실력을 알고 있기에 긴장을 하지 않았다.

"나는 이미 그대가 들어오는 순간에 알고 있었네. 오기는 쉽지만 나가는 것은 아마 힘들 것이네."

"흐흐흐 너의 실력으로 나를 잡을 수가 있을까."

"두고 보면 알겠지."

브레인의 눈빛을 보니 다른 준비를 하지는 않은 것 같은데 너무 담담한 것이 조금 마음에 걸렸지만 베라인은 충분히 자신에게 승산이 있다고 생각하고 있었다.

전에는 마법 때문에 당했지만 오늘은 마법도 무효로 만드는 아티팩트를 가지고 와서 마음이 든든했다.

"가지고 있는 보석을 모두 준다면 조용히 가겠다."

"후후, 꿈도 야무지네. 너는 갈 수가 없다고 하였는데도 아직 꿈을 꿈꾸고 있구나."

브레인은 베라인을 보며 안타까운 시선으로 보았다.

전이라면 가능했을지 몰라도 지금은 예전의 자신이 아니었다.

브레인의 여유로운 태도에 베라인은 조금 이상하다는 생각이 들었다.

'저놈이 저번에 죽을 뻔했는데 오늘은 여유로운 것을 보니 아마도 다른 마법을 준비하고 있는 모양이구나.'

베라인은 그렇게 생각하고 신중하게 살피고 있었다.

마법사와 전투는 접근전이 가장 좋은 방법이었기 때문이다.

베라인이 자신을 살피는 것을 브레인도 알고 있었다.

하지만 아무리 살핀다고 해서 자신을 이기리라고는 생각지 않는 브레인이었다.

오히려 브레인은 베라인이 공격하는 방법을 찾으라고

시간을 벌어 주고 있었다.

진작 제압을 할 수 있었지만 그냥 지켜보는 이유가 바로 마지막으로 할 수 있는 행동은 모두 해 보라는 뜻이었다.

슈슈슉.

베라인은 주변을 살피는 눈치를 하다가 갑자기 단검을 날렸다.

정확하게 브레인의 눈과 어깨, 그리고 가슴을 노리고 공격을 한 것이다.

브레인은 갑자기 단검의 공격에도 차분하게 자신의 검으로 단검을 쳐냈다.

챙챙챙!

챙그랑.

단검은 브레인의 검에 힘없이 바닥에 떨어졌고, 베라인의 얼굴에는 조금 놀랍다는 표정이었다.

"흐흐흐, 지난번에 다치고 열심히 수련을 했는지 제법 실력이 늘었구나. 이번에는 그만 죽어 주어야겠다."

베라인은 말이 끝나자 바로 손에 단검을 들고 던지면서 빠르게 브레인에게 달려들었다.

슈슈슉.

브레인은 다시 단검이 공격하자 조금 신기한 눈빛을 하였다.

베라인의 손에는 단검이 없었는데 공격을 할 때만 단검

이 나타나자 도대체 어떻게 하는 것인지가 궁금했다.

'거참, 단검을 감추고 있다가 공격하는 방법은 아주 기발한 생각이구나. 그런데 저걸 어떻게 감추고 있는 것인지? 나중에 나도 한번 사용하는 방법을 배워야겠다.'

브레인은 생각을 하면서도 단검의 공격을 검으로 방어를 하였다.

챙챙챙!

"죽어라!"

단검을 막으니 베라인의 다음 공격이 바로 뒤따랐다.

자신의 빠른 몸을 믿었고 양손에 들고 있는 짧은 검을 믿었다.

아직까지 자신의 양손 공격에서 벗어난 사람은 없었기 때문이다.

"하하하, 이게 너의 전부냐?"

브레인은 이미 베라인의 공격을 예상하고 있는 것처럼 그의 공격을 가볍게 방어하고 있었다.

챙챙!

'으윽! 빌어먹을 어떻게 저렇게 강해진 거지? 혹시 나를 속인 것인가?'

베라인은 지난 공격에 브레인의 실력을 알고 마법에 대한 준비를 하고 있었는데 오늘은 마법이 아닌 검술로 자신과 상대를 하는 브레인을 보고 속았다는 생각이 들었다.

그렇지 않으면 절대 저렇게 한순간에 강할 수가 없는 일이었다.

"감히 나를 속여. 이놈, 오늘 너 죽고 나 죽자."

"죽으려면 혼자 죽어라. 나는 앞으로 할 일이 많아서 죽을 수가 없는 몸이니 말이다."

브레인은 더 볼 것이 없다는 얼굴을 하고 있었다.

사실 베라인의 공격을 그냥 두고 있는 것은 바로 자신의 실력이 높아진 것도 있었지만 상대의 공격에 대처하는 방법을 알고 싶어서였다.

아무리 약한 상대라고 해도 특유의 공격 방법이 있다고 생각하여 충분히 실전을 연습하려는 의도에서였다.

그런데 단검을 감추는 방법 빼고는 그리 볼 것이 없자 이제 정리를 하려고 마음을 먹은 브레인이었다.

베라인은 자신을 놀리고 있다는 생각이 들자 더욱 화가 나서 미친 듯이 공격을 하기 시작했다.

"이놈, 죽어라!"

쉬이익!

챙챙챙!

가지고 있는 모든 단검을 소비하며 공격을 하였지만 브레인에게는 소용이 없는 일이었다.

브레인은 가볍게 단검을 막고 이내 베라인을 향해 공격을 하였다.

스으윽.

기이한 마나의 파동이 생기면서 베라인의 어깨에 강렬한 빛이 지나갔다.

"크아악!"

브레인이 요즘 새로 연습하는 근위 기사단의 검술을 사용하여 베라인의 한쪽 팔을 잘라 버렸다.

바닥에는 아직 신경이 살아 있는지 팔이 펄떡이고 있었다.

팔딱 팔딱.

"크으윽, 이놈 나를 죽여라."

"너 같은 놈은 언제든지 죽일 수 있지만 아직 알아볼 것이 있으니 일단은 살려 주마. 혹시 도망을 가려는 생각은 버리는 것이 좋을 것이다. 아니, 도망을 가지 못하게 아예 발목을 잘라 버리는 것이 좋겠군."

브레인은 그렇게 말하며 도망을 가지 못하게 놈의 발목도 잘라 버리겠다고 하자 베라인은 기겁을 하였다.

손발이 모두 병신이 되면 자신의 앞길은 보지 않아도 뻔했기 때문이다.

베라인은 팔이 잘린 고통보다는 병신이 아니면 죽을 수 있다는 공포심에 몸을 부들부들 떨었다.

브레인은 그런 놈을 보고는 참으로 비겁한 놈이라는 생각이 들었다.

'저런 놈이 길드의 마스터라는 직책을 가지고 있었으니

도둑 길드도 문제가 많았겠네.'

브레인이 보기에는 욕심만 많고 능력은 없는 전형적인 소인배로 보였다.

저런 놈을 거두는 것보다는 죽이는 것이 차라리 났다고 생각하는 브레인이었지만, 왕국의 도둑 길드가 필요하여 잠시 살려 주고 있었다.

도둑 길드가 다른 것은 몰라도 정보 하나는 기막히게 빠른 집단이었고 자신은 그 정보가 꼭 필요했다.

브레인은 이들을 이용하여 새롭게 정보를 모으는 집단을 만들어 보려고 하였다.

"너를 죽이지 않는 이유는 바로 길드의 본거지가 어디인지가 궁금해서다. 지금 말을 하면 목숨도 살려 주고 치료도 해 주겠지만 만약에 거짓말을 하든지 말을 하지 않겠다면 아마도 죽음보다 더한 고통이 너를 기다리고 있겠지."

브레인은 말을 하면서 강력한 살기를 보내자 베라인은 살기로 인해 죽음의 공포가 눈에 어리기 시작하자 바로 말투가 변해 버렸다.

"으으, 정말 길드의 위치를 알려 주면 살려 주겠소?"

"나는 한입으로 두말을 하지 않는다."

"아… 알겠습니다. 길드의 위치를 말하겠습니다."

브레인의 눈빛을 보고 있던 베라인은 공포심에 자신이 알고 있는 사실을 모두 발설하였다.

도둑 길드는 왕국보다도 먼저 만들어졌지만 그들의 행실로 인해 오랜 시간을 왕국으로부터 탄압을 받았던 곳이었다.

그러니 그들도 자신들이 숨기 위해 은밀히 많은 거점을 만들어 두고 있었다.

베라인이 길드 마스터의 자리에 올랐지만 그의 행실을 보고 길드에 속해 있는 놈들도 이놈에게 불만이 있는 놈들이 많을 것이라는 생각이 든 브레인이었다.

그래서 자신이 개입을 하여 베라인의 일을 정리를 해주고 자신이 필요한 정보를 도둑 길드에서 제공을 하는 것으로 설득하려는 것이 브레인의 의도였다.

베라인에게 모든 이야기를 들은 브레인은 더 이상 들을 이야기가 없자 베라인을 살려 주기로 했다.

어차피 외팔이가 되어 이제는 사람 구실을 하기도 쉽지 않을 것이라는 생각이 들어서였다.

"너의 말이 거짓이 아니라면 너는 살 수가 있을 것이다. 만약에 확인을 해서 거짓이라면 너는 죽지도 살지도 못하는 고통을 경험하게 될 것이다."

브레인은 이제 도둑 길드를 어떻게 정리를 해야 하는지를 생각하였다.

제국의 움직임을 알려면 그만한 정보력이 있는 집단이 필요했는데 이번에 아주 확실한 단체가 생겼기 때문에 자신에게는 아주 좋은 일이었다.

그들을 어떻게 해야 자신의 수족으로 쓸 수가 있는지가 문제였다.

'흠, 마음에 드는 단체가 생겼는데 그냥 무력을 사용하여 제압하면 아마도 나중에는 나를 따르지 않으려고 할 것인데 어떻게 한다.'

브레인은 고민이 되었다.

아직 베라인의 말에 믿음이 가지 않아 위치를 확인하지는 않았지만 눈빛을 보니 거짓은 아니라는 것을 알 수가 있었다.

사람은 무언가 간절히 원하는 것이 있으면 거짓말을 하지 않기 때문이다.

브레인이 그렇게 생각하고 있을 때 밖에서 제이슨의 말이 들렸다.

"공작 전하, 무슨 일이 있으십니까?"

제이슨도 마나를 다루는 기사라 브레인이 베라인과 싸우는 소리를 들은 것 같았다.

"제이슨 경, 마침 잘 오셨소. 안으로 들어오시오."

브레인의 말에 제이슨은 문을 열고 안으로 들어왔다.

"헉! 이놈은 누구입니까?"

제이슨은 팔이 잘려 있는 베라인을 보고 깜짝 놀라고 있었다.

바닥에는 피가 사방에 뿌려져 있었고 아직 그 피가 굳어 있지 않은 것을 보니 팔이 잘린 지가 얼마 되지 않았다는 것을 알 수 있었다.

"오늘 밤에 나를 침입한 자요. 예전에 그대와 있을 때 우리를 공격한 자의 수장이요."

브레인의 말에 제이슨은 이를 갈며 베라인을 보았다.

"뿌드득, 이놈이 아직도 정신을 차리지 못하고 있었구나. 잘되었다. 이번에는 확실히 네놈을 죽여주마."

스르릉.

제임스는 자신의 검을 뽑아 목을 베어 버리려고 하였다.

"잠시 멈추시오. 오늘은 이자를 지하에 있는 감옥에 가두어 두시오. 아, 잘린 팔도 간단하게 치료를 해 주시오. 아직 죽어서는 안 되니 말이오."

"주군 저런 자를 살려 주시면 안 됩니다. 저런 자는 반드시 해악을 끼치는 놈입니다."

"걱정하지 마시오. 일단 그자를 죽이지 않기로 약속을 하였으니 제이슨 경은 나의 말에 따라 주었으면 하오."

브레인의 말에 제이슨은 더 이상 토를 달지 않았다.

주군이 이미 약속을 하였다고 하니 자신은 그대로 따르기만 하면 되는 일이었다.

"알겠습니다. 공작 전하."

"공작 전하, 살려 주시겠다고 약속하셨는데 왜 저를 가두어 주시는 것입니까?"

베라인은 제이슨과 브레인이 하는 말을 듣고 눈동자만 굴리고 있다가 감옥에 가두어 둔다는 말에 놀라 소리를 쳤다.

"난 분명히 너를 치료해 주고 살려 준다고 약속을 했다. 하지만 너를 풀어 준다고는 하지 않았으니 약속을 어긴 것은 아니다."

그렇다. 브레인이 한 약속은 살려 주고 치료를 해 준다고만 했지 풀어 준다고는 하지 않았던 것이다.

베라인은 교묘한 브레인의 말에 속았다는 것을 알고는 또다시 거친 언어가 나왔다.

"이 개 같은 놈아 살려 준다고 하고는 약속을 어기는 놈이 무슨 공작이냐, 내……."

퍽!

"컥!"

털썩!

베라인의 욕설이 시작되자 제이슨은 바로 들고 있는 검 등으로 뒤통수를 패 버렸다.

"공작 전하, 하인들을 부르겠습니다. 일단 여기를 치워야겠습니다."

"그렇게 하시오."

제이슨은 쓰러진 베라인을 둘러메고 나갔다.

지하에는 감옥이 아주 많아 베라인이 생활하기에는 부족하지 않을 것이라고 생각하면서 말이다.

브레인은 방을 치울 하인들이 들어오기 전에 잠시 나가 있기로 했다.

새벽의 공기가 차지만 가슴속을 시원하게 해 주는 느낌을 주고 있었다.

브레인은 밤하늘을 보며 한숨을 쉬고 있었다.

"휴우, 어서 빨리 자리를 잡아야 아버지와 어머니를 모실 텐데 말이야."

브레인의 가족이라고는 부모님만 계시니 어떻게 하든지 두 분을 편안하게 모시고 싶은 마음이었다.

그렇다고 아직 자리도 잡지 못했는데 기사를 보낼 수도 없는 일이었다.

아직은 준비가 되지 않았기 때문이었다.

"아버지 조금만 더 기다려 주세요. 그때는 반드시 모시고 올게요."

브레인은 오 년의 시간이면 충분히 기반을 닦을 수 있을 것이라고 보았다.

친구들의 수련도 그 정도의 시간이 필요하다고 보고 있어서였다.

가문의 부활이 하루아침에 이루어지는 것이 아니라는 것은 브레인도 알고 있었다.

시간을 두고 천천히 힘을 기르면 되니 급할 것은 없다는 생각이었다.

"카이라 제국의 파올로 백작가가 아닌 나만의 가문을 세워야겠다. 예전의 가문은 약해서 당했지만 새로운 가문은 절대 무너지지 않는 그런 강한 힘을 가진 가문을 만들겠다."

브레인은 그렇게 거대한 야망을 세우고 있었다.

처음에는 그냥 귀족으로 행세를 하며 지내려고 하였는데 이제는 점점 가슴에 야망이라는 단어가 생기고 있었다.

아직은 자신의 힘이 미약하여 기다리고 있지만 원하는 힘이 만들어진다면 그때는 가장 강력한 가문이 될 것이라고 확신과 자신감이 차 있었다.

⁂ ⁂ ⁂

쾅! 쾅!

"여기가 어디라고 와서 소란이냐?"

"너희들의 수장에게 브레인 공작이 왔다고 알려라."

"헉! 브레인 공작이라고?"

도둑 길드원들은 브레인 공작이라는 말에 기겁을 하였다.

자신들이 지금 이렇게 피하고 있는 이유가 바로 브레인을 암습하였기 때문인데, 그 당사자가 직접 이렇게 찾아왔으니 놀라지 않을 수가 없었다.

"너는 당장 안에 가서 연락을 하고 나머지는 이대로 대기한다."

한 남자가 지시를 내리고 있었는데 제법 기개가 있어 보였다.

비록 도둑들이 평민이라고는 하지만 재능이 있는 자들을 많이 포섭하고 있었기에 길드원 중에는 괜찮은 실력자가 많았다.

아무리 노력을 해도 도둑이라는 이름을 버리지는 못하지만 말이다.

도둑 길드원 중에 한 명이 빠르게 안으로 사라졌다.

브레인과 기사들은 느긋하게 수뇌부들이 나오기를 기다리고 있었다.

"공작 전하. 이렇게 기다리는 것보다는 안으로 들어가시는 것이 빠르지 않겠습니까?"

"하하, 제이슨 경은 아직 몸이 풀리지 않아서 그러는 것이오?"

"아… 아닙니다. 공작 전하."

제이슨은 사실 그동안 익힌 마나 호흡법으로 인해 자신의 실력이 한 등급 올랐다.

그러니 자신의 실력에 자신이 생겼고 오늘 그 실력을 유감없이 발휘해 보려고 하였는데, 시작도 하지 않고 이렇게 대화를 해야 하는 것에 불만이었던 것이다.

브레인이 그런 제이슨의 마음을 알았지만 지금 자신이 원하는 것은 이들이 자신을 따르게 하는 것이라 죽이지 않고 해결하려고 하였다.

길드원을 죽이면 이들도 반감이 생기기 때문에 말로는 따르겠다고 할지 모르지만 시간이 지나면 다른 생각을 할 수도 있었다.

브레인이 원하는 것은 그런 것이 아니었다.

"제이슨 경, 잠시만 기다려 보시오. 오늘 나의 뜻을 따르지 않으면 그대가 원하는 실력을 마음껏 발휘하게 될 것이니 말이오."

제이슨은 브레인의 말에 힘차게 대답을 하였다.

"알겠습니다. 공작 전하."

길드에 속해 있는 남자들은 두 사람의 대화를 들으면서 오늘은 자신들이 죽을 수도 있다는 생각이 들었다.

도둑 길드의 사람들은 지금 왕국에서 수배를 받고 있는 중이었기에 죽어도 하소연을 할 때가 없는 입장이었다.

길드원 전부가 왕국을 떠난다면 모를까.

한참의 시간이 지나자 안에서 일단의 무리들이 나오고 있었다.

브레인은 그들을 보고 눈빛에 빛이 났다.

"그대들이 길드의 수뇌부인가?"

"그렇습니다. 제가 부길드장을 맡고 있는 에머린이라고 하고 주변에 있는 사람들이 길드의 수뇌부들입니다. 공작 전하."

"흠, 내가 여기를 찾아온 이유를 아는가?"

브레인은 부길드장이라는 남자를 바라보았다.

눈빛이 살아 있는 것이 제법 수련을 한 사람이었다.

"예전의 빚 때문에 오신 것이 아닌지요."

부길드장은 전에 브레인을 암습한 것을 알고 하는 말이었다.

"예전의 빚도 있지만 지금은 다른 이유로 찾아온 것이네. 바로 그대들의 길드장이 어제 나를 암습하기 위해 왔으니 말이야."

브레인의 말에 부길드장을 포함한 길드의 중진들은 깜짝 놀라는 얼굴이었다.

분명히 길드장은 어세신의 도움을 받아 움직인다고 하였는데 혼자 독단적으로 갔다는 말이었기 때문이다.

"길드장은 어찌 되었는지 알 수 있겠습니까? 공작 전하."

부길드장은 브레인을 정면으로 보면서 물었다.

"그자는 지금 감옥에 갇혀 있는 중이네. 물론 여기로 가면 나머지 인원들이 있다는 이야기를 해 주어 내가 그대들을 방문하게 된 것이기는 하지만 말이야."

브레인은 지금 자신이 있는 장소를 길드장이 직접 알려

주었다고 말을 해 주었다.

도둑 길드원들은 이제야 의문이 풀리는 얼굴을 하였다.

자신들이 있는 장소는 길드원이 아니면 절대 알 수 없는 장소였기 때문이었다.

부길드장은 말없이 브레인의 눈을 보고만 있다가 조용한 목소리로 물었다.

"저희들에게 원하시는 것이 무엇입니까?"

부길드장이 보기에는 브레인이 자신들에게 원하는 것이 있다고 보았다.

아니면 이렇게 기다리고 있지는 않았을 것이라고 생각했다.

"그대는 제법 눈치가 빠르군그래. 내가 원하는 것은 바로 그대들이 나를 따르는 것이라네."

브레인의 말에 길드원들의 눈에서는 어이가 없는 눈빛을 하였다.

도둑 길드가 귀족을 따른다는 것은 차라리 길드를 없애는 것과 같은 일이었다.

그런 말을 서슴없이 하고 있는 브레인이 대단하다고 생각이 들었다.

"공작 전하, 저희는 도둑들이 모인 집단입니다. 즉, 귀족들과는 좋지 않은 사이라는 말입니다. 그런 저희를 거두실 수 있겠습니까?"

"부길드장, 무슨 말을 하는 것이오?"

"그렇소. 우리는 절대 귀족을 따르지 않을 것이오."

길드의 중진들이 부길드장의 발언에 바로 따지고 있었다.

브레인은 그런 길드원들을 보며 아직은 쓸모가 있을 것이라는 판단을 내렸다.

"흠, 그대의 말을 따를 사람이 별로 없는 것 같은데."

"저희 길드의 의견은 제가 결정을 하는 곳이 아닙니다. 모두가 의견에 동의를 해야 결정이 되는 곳입니다. 개인의 의견으로는 절대 길드 전체가 따르지 않으니 말입니다. 이는 길드 마스터의 지시라고 해도 변하지 않는 사실입니다."

"그렇군, 자네의 말은 알았 듣겠지만 이번 일은 그대들의 운명을 결정하는 일이니 나를 따르도록 하게."

"공작 전하, 저희는 귀족인 공작 전하를 따를 수는 없습니다. 다른 것을 원하시면 생각해 보겠습니다."

부길드장의 말에 중진들도 당연하다는 듯한 표정이었다.

주변의 길드원들의 눈빛이 사나워지는 것을 느낀 제이슨은 기사들에게 눈치를 주고 있었다.

기사들은 제이슨의 눈치를 받고는 빠르게 브레인의 주변을 경호하였다.

언제 갑자기 돌변할지 모르는 상황이었고 저들의 암습을 대비하기 위해서였다.

브레인은 부길드장의 말을 듣고는 마음에 들지 않는다

는 표정이었다.

"흠, 그대들이 귀족을 따르는 것이 죽기보다 싫다면 어쩔 수 없지. 그러면 마지막을 말을 하지 그대들이 가지고 있는 정보력을 나에게 제공해라. 만약에 이것도 싫다면 오늘 헤이론 왕국의 도둑 길드는 사라지는 것을 보게 될 것이다."

브레인은 더 이상 타협은 없다는 것을 강력히 말했다.

부길드장은 브레인의 말을 듣고 곤란한 표정을 지으며 주변에 있는 남자들을 바라보았다.

여기서 타협을 보지 못하면 바로 전투가 시작될 것이고 길드의 최후를 보게 될 것이라는 생각이 들었다.

브레인이 이미 마스터의 경지에 도달했다는 정보를 받아 알고 있는 부길드장과 중진들은 눈빛을 교환하기 시작했다.

한참의 시간이 지나자 부길드장이 다시 입을 열었다.

"정보를 드리는 것은 어렵지 않습니다. 그러나 언제까지 할 수는 없는 일이 아닙니까. 그래서 앞으로 오 년 동안은 정보를 제공하는 것으로 했으면 합니다."

"오 년이라… 그대들은 나의 가치를 아주 싸구려로 만드는 재주가 있구나. 나는 나의 가치를 그렇게 보지 않는다. 앞으로 나의 생명이 끝날 때까지는 정보를 제공해라. 다른 것은 원하지 않으니 정보만 제공해라. 그러면 너희들이 무슨 짓을 해도 상관하지 않겠다."

브레인의 말에 부길드장은 무엇이 이득인지를 생각하였다.

마스터인 브레인이 사는 동안이라지만 다른 사람보다는 길게 살아 있을 것이라는 생각이 들어서였다.

하지만 자신들의 일에 간섭하지 않겠다는 말은 아주 마음에 드는 약속이었기에 고민이 되었다.

"부길드장 정보를 주는 것은 그리 어려운 일이 아니니 그렇게 합시다. 여기서 길드를 사라지게 할 수는 없는 일이 아니요."

"그렇게 합시다."

단순히 정보를 주는 것이라면 이들도 반대를 할 이유는 없었다.

길드를 유지하기 위해서는 어쩔 수 없는 선택이라고 생각하였기 때문이다.

"알겠소. 모두의 생각이 그렇다면 정보를 제공하는 것으로 하겠소. 공작 전하께서 원하시는 정보는 제공하겠습니다. 하지만 저희 길드에 내려진 수배는 풀어 주시기 바랍니다."

길드에 내려진 수배는 브레인이 암습을 당해 국왕이 직접 내린 것이라 브레인이라고 해도 쉽게 해결을 할 수 있는 문제가 아니었다.

"그대들이 감히 나에게 부탁을 하는 것인가? 나는 나에게 한 행동에 대한 대가를 받고자 여기에 온 것이지 너희들의 부탁을 들어주기 위해 온 것이 아니라는 것을 잊지 않았으면 좋겠다."

브레인은 단호하게 이들의 부탁을 거절하였다.

처음부터 이들이 원하는 것을 들어주게 되면 나중에는 어떤 부탁이 들어올지를 생각하니 골치가 아플 것 같아서였다.

브레인이 단호하게 거절을 하자 부길드장의 안색이 저절로 찌그러졌다.

요즘 왕국의 수배 때문에 길드원들이 움직이는 것도 한계가 있었기 때문이다.

"공작 전하. 저의 말을 오해하시는 것 같습니다. 저희가 수배를 풀어 달라고 하는 이유는 바로 정보를 얻고자 하는 이유입니다. 수배를 받고 있는 지금, 사실 길드원들이 움직임이 예전과 같을 수가 없기 때문입니다. 이는 정확한 정보를 얻기도 힘 드는 상황이기 때문입니다."

부길드장은 수배 때문에 겪고 있는 자신들의 입장을 충분히 설명하였다.

브레인도 이들의 말을 듣고 보니 이해가 가는 말이었지만 이 자리에서 약속을 해 줄 수는 없는 일이었다.

자신이 직접 국왕을 만나 단판을 지어야 할 문제라 확

신이 서지 않아서였다.

"그 말에도 일리가 있지만 당장 그대들에게 약속을 해 줄 수는 없다. 그대들도 알고 있겠지만 이번 수배는 국왕 폐하께서 직접 내리신 수배라 귀족들도 어쩌지 못하기 때문이다."

부길드장도 국왕이 내린 수배라는 것을 알고 있었다.

하지만 지금 자신들이 살 수 있는 방법은 브레인에게 도움을 청하는 방법밖에는 없었다.

"정보를 원하시는 공작 전하께도 수배가 풀려야 보다 질이 좋은 정보가 제공될 것입니다. 이 점을 생각하시고 저희에게 부디 아량을 베풀어 주시기를 바랍니다."

"좋다. 내 약속은 못하지만 최대한 수배가 풀리도록 힘을 써 보겠다. 이만하면 되었는가?"

"예, 충분합니다. 공작 전하."

브레인은 부길드장이라는 남자가 아주 마음에 들었다.

처신을 하는 것도 그렇고 그 성격도 수장으로서 부족하지 않아 보여서였다.

"이제 나와의 약속은 해결이 되었으니 그만 가 보기로 하지. 아차, 그대들의 수장이 사라졌으니 새로운 수장을 뽑아야 할 거야. 우리는 이만 돌아간다."

브레인은 길드원들이 들을 수 있게 말을 해 주었고, 이제 그들이 알아서 처리를 하는 일만 남았다.

새로운 수장을 뽑아 길드를 운영하든지 아니면 지금 그대로 운영을 하든지는 저들에게 달려 있었다.

기사들과 도둑 길드의 아지트를 나온 브레인은 아주 흡족한 표정이었다.

"공작 전하, 도둑 길드의 정보가 필요하신 것입니까?"

"하하하, 제이슨 경. 지금은 저들의 정보가 필요하지 않지만 나중에는 저들의 정보가 나에게 크게 도움이 되기 때문에 협상을 한 것이오."

브레인의 말에 대해 아직 파악을 하지는 못했지만 도저히 자신의 능력으로는 알 수가 없는 사람이라는 생각이 드는 제이슨이었다.

그러면서도 한편으로는 오늘 몸을 제대로 풀 수 있는 기회를 버렸다는 생각이 들어 별로 그리 좋은 기분은 아니었다.

2.

새로운 기사들을 얻다

도둑 길드의 일을 무난히 처리한 브레인은 이제 자리를 잡기 위해 가장 필요한 것이 바로 자금을 만들어 줄 상단이 필요하다고 생각이 되었다.

아무리 강한 무력을 가지고 있는 가문도 자금이 없으면 무너지게 되기 때문에 가문의 이익을 만들어 줄 상단이 있어야 한다고 생각했다.

헤이론 왕국에 거점이 없는 상단을 만들기만 하면 국왕도 따지지 못할 것이라고 생각되어서였다.

"상단이라, 이런 내가 상단에 대해 아는 것이 있어야 상단을 만들지."

브레인은 상단에 대해서는 자신이 아무것도 아는 것이

없다는 것을 알고는 골치 아픈 표정을 지었다.

하지만 그렇다고 없는 생각이 떠오르는 것은 아니었기에 결국 생각을 접고 말았다.

"아유, 모르겠다. 일단 상단에 대해서는 나중에 생각하자."

브레인은 골치 아픈 문제는 직접 해결하고 있었지만 돈에 관한 문제는 자신이 없었다.

도둑 길드 같은 곳이야 무력만 가지고도 충분히 해결할 수 있는 문제이니 스스로 움직여 처리를 하였지만, 상단과 같이 머리를 써야 하는 문제는 해결을 하지 못하고 있었다.

브레인은 머리도 아프고 해서 기사들이 수련을 하는 곳으로 갔다.

이럴 때는 검술이라도 수련하는 것이 가장 효과를 보기 때문이었다.

"이얏!"

채챙.

"하얍!"

기사들은 제이슨의 지도하에 열심히 대련을 하고 있었다.

"똑바로 해라. 검에 힘이 빠져 있으니 그렇게 처지고 있지 않느냐."

제이슨은 후배 기사에게 지독하게 몰아붙이고 있었다.

이들도 올해만 지나면 오 년이라는 왕국 기사의 근무 시간이 끝나기 때문에 자신처럼 브레인을 모시게 만들기 위해서였다.

후배들에게는 이미 자신이 브레인을 주군으로 모시게 되었다고 이야기를 해 주었다.

제이슨 본인도 이미 경비대에 사표를 제출하여 정식으로 절차를 밟아 처리를 하였다.

이제 제이슨은 왕국의 기사가 아닌 브레인 공작가의 기사가 되어 있었다.

"선배님, 잠시 휴식을 하고 시작하지요."

한 기사는 온몸에 땀으로 범벅이 되어 힘에 붙이는지 잠시만 쉬고 하자고 하였다.

"그런 생각이 몸에 배어 있으니 검술에 진전이 없는 것이다. 검술은 극한의 상황까지 몸을 혹사시켜야 진정한 눈을 뜨게 된다는 것을 명심하기 바란다. 휴식은 앞으로 한 시간 뒤에 있을 것이니 모두 정신 바짝 차리고 검에 집중을 해라."

"예, 선배님."

"알겠습니다. 제이슨 선배님."

제이슨은 자신의 경험을 후배들에게 이야기해 주며 더욱 밀어붙였다.

브레인은 기사들이 하는 수련을 보러 왔다가 제이슨이 후배들을 혹독하게 몰아붙이는 장면을 보고는 본인도 모르고 생각에 빠져 버렸다.

자신은 진심으로 저렇게 몸을 혹사시키며 수련을 하였는지를 생각하였지만 그렇지 않다는 것을 알게 되었다.

'역시 기사들은 저렇게 혹독하게 수련을 하여 실력을 키우고 있는 것이구나. 나는 그동안 자만심에 빠져 저들처럼 수련을 하지 않고 그저 편하게만 하였구나.'

브레인은 기사가 되기 위해 검술을 시작하였지만, 그동안 자신이 수련한 것은 저들과는 천지 차이라는 것을 깨달았다.

혹독한 연습을 하며 스스로 깨달음을 얻은 기사와 대결을 하면 자신이 승산 없을 것 같은 기분이 들었다.

'나도 정신 차리고 이제부터는 최선을 다해 수련을 하도록 하자. 수하들이 열심히 하는데 그 수장은 노력도 하지 않는다면 나중에라도 나를 따르는 것에 문제가 생길 수도 있을 것이다.'

브레인은 조금씩 깨달음을 얻고 있었다.

이런 작은 깨달음이 브레인의 앞날에 얼마나 많은 도움이 되는지를 지금은 몰랐다.

브레인이 생각에 잠겨 있을 때 제이슨은 그런 브레인을 발견하고는 바로 다가왔다.

"어서 오십시오. 공작 전하."

제이슨의 말에 생각에서 깨어난 브레인은 밝은 미소를 지으며 인사를 해 주었다.

"제이슨 경은 언제나 후배들을 진심으로 도와주려는 마음이 보이니 보기 좋소."

"과찬이십니다. 공작 전하."

제이슨은 브레인의 말에 황송한 표정이었다.

후배들을 챙기려는 마음이 있었지만 이런 칭찬을 들으려고 한 것은 아니었다.

"오늘은 제이슨 경에게 새로운 검술을 알려 주기 위해 왔소."

브레인은 제이슨이 가문의 마나 호흡법을 익숙하게 다룰 수 있는 경지가 되자 바로 검술을 알려 주려고 하였다.

기존의 마나 호흡법을 익히고 있어서인지 아니면 능력이 좋아서인지는 모르지만 제이슨이 마나 호흡법을 익히는 시기가 빨랐다.

"가… 감사합니다. 공작 전하."

제이슨은 이제 가문의 검술을 배우게 되었다고 생각하니 기대가 되는 눈빛을 하였다.

마스터를 배출한 가문의 검술은 얼마나 대단할지가 기대되었다.

"하하하, 제이슨 경의 눈빛을 보니 이거 제대로 가르침을 주지 못하면 욕을 얻어먹을 것 같은 분위기요."

브레인의 농담에 제이슨은 급히 안색을 고치며 사죄를 하였다.

"죄송합니다. 공작 전하."

"하하하, 아니오. 그대가 그만큼 기대를 하고 있다는 것을 알고 있으니 말이오."

브레인은 제이슨을 놀리는 재미가 쏠쏠하다는 것을 이번에 확실히 깨달았다.

'흐흐흐, 앞으로도 종종 놀려 먹어야지.'

제이슨이 브레인을 만나고 있는 모습에 기사들은 대련을 멈추고 그런 두 사람을 보고 있었다.

브레인은 다른 기사들이 있으니 검술을 알려 주기가 조금 곤란한 상황이었다.

"제이슨 경. 저들은 어떻게 했으면 좋겠소?"

브레인이 기사들을 보고 물었다.

제이슨도 이들을 가문의 기사로 받아들이고 싶었지만 아직 이들은 일 년의 시간이 남아 있어서 곤란했다.

"저들도 가문의 기사가 되고 싶어 합니다. 하지만 아직 일 년이라는 시간이 더 있어야 저들도 가문의 기사가 될 수 있습니다, 공작 전하."

"확실히 일 년 뒤에는 가문의 기사가 되기로 한 것이오?"

"예, 그렇습니다. 공작 전하."

"음, 그러면 저들도 기사의 맹세를 받고 검술을 알려 주는 것이 어떻소?"

브레인은 한 명의 기사라도 길러야 하기 때문에 제이슨의 의견을 물었다.

제이슨도 가문의 검술을 아무에게나 알려 줄 수는 없다는 것을 알고 있어서 기사의 맹세를 받는다는 것에 이의가 없었다.

본인들이 이미 가문의 기사가 되기로 결정을 하였기 때문이다.

"그렇게 하셔도 될 것입니다. 공작 전하."

제이슨의 대답에 브레인은 바로 지시를 내렸다.

"그럼, 당장 기사의 맹세를 받도록 준비를 하시오."

"예, 공작 전하."

기사의 맹세는 신성한 언약이었기 때문에 기사들도 정복을 착용하고 하는 언약식이었다.

이 맹세를 어기면 기사로서의 자격이 박탈되고 바로 체포가 되어 평생을 노예보다 못하게 살아가야 했다.

제이슨은 기사들에게 가서 브레인의 말을 그대로 전해 주었다.

"너희들이 기사의 맹세를 하면 공작 전하께서 가문의 마나 호흡법과 검술을 알려 주신다고 하니 너희들은 지금 당장 맹세를 준비하도록 해라. 그리고 지금이라도 마음에 안 드는 사람은 반대를 해도 좋으니 결정을 내려 주기 바란다."

제이슨의 말에 기사들은 감격을 하고 있었다.

누가 감히 마스터의 가문에 기사가 되는 것을 반대하겠는가 말이다.

기사들도 마스터를 배출한 가문의 마나 호흡법과 검술을 배울 수 있는 기회를 버리고 싶지는 않았다.

"저는 저의 결정에 따르겠습니다. 하지만 경비대의 근무는 어찌해야 합니까?"

"아직 너희의 의무 복무 기간이 끝나지 않았다는 것을 아시고 계시지만 특별히 너희에게 기회를 주신 것이다. 가문의 기사는 너희의 복무 기간이 끝나면 바로 받아 주시기로 했다. 지금 기사의 맹세를 하는 이유는 바로 가문의 마나 호흡법과 검술 때문이다. 마나 호흡법이 얼마나 중요한지는 말을 하지 않아도 알 것이다."

제이슨은 후배 기사들의 입장을 충분히 생각하고 말을 해 주었다.

"그럼, 저희에게 가문의 마나 호흡법과 검술을 알려 주기 위해 기사의 맹세를 하는 것입니까?"

"그렇다. 가문의 기사가 되면 배워야 하는 것이니 기사의 맹세로 대처를 했다. 공작 전하께서는 너희들의 실력이 아직은 부족하다고 하셨고 가문의 마나 호흡법을 배우게 되면 많은 성취가 있을 것이라는 말도 하셨다."

제이슨의 말에 기사들은 흥분이 되었다.

지금 자신들이 익히고 있는 마나 호흡법은 왕국에 널리 알려진 것이지만 귀족가의 비전으로 있는 마나 호흡법은 기사들이 아닌 이상 절대 알려 주지 않았는데 자신들에게 그런 기회가 온 것이다.

그것도 마스터가 될 수 있는 기회가 말이다.

"저는 기사의 맹세를 하겠습니다. 선배님."

한 기사가 먼저 하겠다고 하자 다른 동료들도 따라 약속을 하였다.

"저도 하겠습니다."

"저도 기사의 맹세를 하겠습니다."

다섯의 기사가 모두 하겠다고 하자 제이슨의 입가에 미소가 생겼다.

"모두 훌륭한 선택이라 본다. 나는 나의 후배들의 선택에 결코 후회가 없다고 생각한다. 그러면 지금 당장 각자의 예복을 입고 모이기 바란다. 공작 전하께서는 오늘 바로 하시겠다고 하셨으니 말이다."

기사들도 제이슨의 말에 흥분이 되는지 빠르게 대답과 동시에 사라졌다.

후다닥.

"기다리십시오. 선배님."

"최대한 빨리 오겠습니다. 선배님."

기사들이 사라지는 것을 보고 있던 제이슨은 평소에도 저렇게 행동을 하였으면 하는 생각이 들었다.

브레인은 제이슨이 기사들을 다루는 모습에 사실 감탄을 하고 있었다.

자신은 아직 기사들과 함께 생활을 하지 않아 모르지만 저 정도면 충분히 기사단의 단장이 되어도 부족하지 않다는 생각이 들었다.

'제이슨 경의 실력을 높여서 기사단의 단장 자리를 주어야겠다. 저렇게 기사들을 다룰 수 있는 사람도 없을 것 같구나.'

브레인은 속으로 그렇게 기사단의 단장을 정하고 있었다.

브레인의 그런 생각으로 제이슨은 자신의 인생이 정해졌다는 사실을 모르고 있었다.

기사들은 정복을 차려입고 다시 오니 이제 확실히 기사라는 느낌이 드는 브레인이었다.

"공작 전하, 기사들이 준비를 마쳤습니다."

"알겠소. 제이슨 경."

브레인은 제이슨의 말에 기사들을 바라보았다.

"기사의 맹세를 시작하라."

브레인의 말에 기사들은 바로 기사의 맹세를 하였다.

"나, 제라리는 신성한 약속의 언어로 기사의 이름과 명예를 걸고 파올로 가문의 기사가 될 것을 맹세합니다."

"나, 그레이스는 신성한 약속의 언어로 기사의 이름과 명예를 걸고……………………."

"나, 가브리엘은……………………."

기사들의 신성한 맹세가 시작되자 브레인은 기사들의 엄숙한 표정을 보았다.

기사의 맹세는 기사들에게는 가장 신성한 약속이자 지켜야 하는 맹세였다.

브레인은 기사의 맹세를 오늘 처음 눈으로 보고 있었다.

'기사라는 존재들은 스스로의 자부심과 긍지를 가지고 있어 보이는구나. 가치를 증명할 수 있다는 것이 보기에 좋네.'

기사들의 행동에 브레인은 마음이 아주 흡족해졌다.

모든 맹세를 마치자 브레인이 기사들을 보며 아주 기분이 좋은 얼굴을 하며 말을 하였다.

"오늘부터 그대들은 나의 기사다. 그대들에게 우리 가문의 마나 호흡법과 검술을 알려 주겠다. 오늘은 즐거운 날이라 가볍게 그대들이 배워야 할 검술을 보여 주겠다."

"충성으로 모시겠습니다. 공작 전하."

"충심을 다하겠습니다."

기사들의 대답에 브레인은 즉각적으로 검을 뽑았다.

챙!

브레인이 가지고 있는 검은 고대 제국의 근위 기사단이 사용하던 것으로, 눈으로 보기에도 대단히 명검이라는 것을 느낄 수 있는 검이었다.

검집을 빠져나온 검의 예기가 주변을 잠식할 정도였으니 말이다.

"챠압!"

쉬이익.

브레인이 펼치는 검술은 고대 제국의 근위병사들이 사용하는 것으로 자신의 친구들에게도 알려 준 검술이었다.

브레인의 검에서는 엄청난 오러가 생성되며 주변의 공기를 세차게 진동시켰다.

우르르르.

검술의 위력이 마치 공간을 잘라 내는 듯한 느낌을 주고 있었다.

화려하면서 강력한 검술에 기사들과 제이슨은 넋을 놓고 말았다.

저런 엄청난 검술을 자신들이 배워야 한다는 것이 이들의 가슴을 세차게 뛰게 하였다.

"세…… 세상에 저런 검술이 있다니……."

"어… 엄청난 검술이다."

"대단한 검술이다."

제이슨과 기사들은 오늘 자신들이 보고 있는 장면을 죽을 때까지 잊지 못할 것 같았다.

그 강렬함이 눈에 선하여 절대 잊지 못하는 광경이었다.

물론 자신들이 그 경지에 도달하면 달라지겠지만 말이다.

브레인도 오늘 기사들을 얻어 기분이 좋았는지 제법 힘을 들이며 시범을 보였다.

쉬이익. 팡 팡.

공기를 가르는 소리와 터지는 소리가 주변을 울렸다.

한참의 시간이 지나자 브레인의 검술도 멈추었다.

"어떤가? 가문의 검술이?"

제이슨은 잠시 정신을 놓고 있었는지 브레인의 말에 고개를 흔들며 정신을 차리려고 하였다.

"저… 정말 대단한 검술입니다. 저런 검술이 있다는 것을 처음으로 알게 되었습니다."

제이슨이 이렇게 말은 하지만 사실 경비대의 검술과 고위 귀족가의 검술에는 많은 차이가 있었다.

이는 왕국의 귀족들이 국왕의 힘이 너무 강대해지는 것을 염려하여 기사들을 양성하는 것에 고급이나 중급의 검술을 알려 주지 않아서였다.

그래서 경비대의 기사들이 사용하는 검술은 하급의 검술이었고, 이들이 대련을 하는 기사들도 같은 검술을 익힌 기사였기에 이런 고급 검술을 보자 대단하다고 생각했다.

제이슨도 검술을 보고는 첫눈에 반했다는 표정이었다.

'헤이론 왕국의 검술이 이 정도밖에 되지 않았나?'

왕국의 기사라면 최소한 이 정도 가지고 놀라는 얼굴을 해서는 안 되기 때문이었다.

브레인은 속으로 그리 생각하였지만 겉으로는 아무런 내색을 하지 않고 있는 것이 기사들의 자존심을 생각해서였다.

"앞으로 그대들이 배울 검술이니 기억을 해 두시오."

"가… 감사합니다. 공작 전하."

"저희에게 이런 영광을 주셔서 감사합니다. 공작 전하."

기사들은 모두 감사의 인사를 하였다.

"이제부터 그대들에게 가문의 검술을 알려 줄 것이니 모두 정신을 집중하기 바란다."

"예, 공작 전하."

브레인은 기사들에게 하루라도 빨리 강해지게 하려는 의도에서 검술을 알려 주고 있었다.

가장 기본이 되는 마나 호흡법도 기사들이 익히고 있는 것과는 천지 차이였으니 말이다.

마나 호흡법은 상급, 중급, 하급으로 나누어져 있었지만 경비대의 기사들이 익히고 있는 것은 하급의 마나 호흡법이었다.

하급의 호흡법으로 익스퍼트의 경지에 도달할 정도면 이들도 대단한 재능을 가지고 있다고 생각되는 인재들이었다.

검술의 전수를 마친 브레인이 제이슨을 보고 지시를 내렸다.

“오늘은 여기까지만 한다. 그리고 제이슨 경은 이제부터 이들에게 마나 호흡법을 전해 주시오. 가문의 마나 호흡법은 오직 가문의 기사에게만 전해지는 것으로 당대의 후계자에게만 전해진다는 것을 기억하게 해 주시오.”

“예, 공작 전하.”

“감사합니다. 공작 전하.”

“충성을 다하겠습니다. 공작 전하.”

기사들은 마나 호흡법을 배우게 되었다는 것에 기쁨이 어렸다.

귀족 가문의 기사에게 전해지는 마나 호흡법은 사실 그리 강하지는 않지만 중급의 마나 호흡법이라는 것을 이들도 알고 있는 사실이었다.

경비대의 기사들은 아카데미에서 배운 마나 호흡법만을 익혀서 지금의 경지에 도달한 기사들이었지만, 근무 기간을 마치고 귀족 가문의 기사가 되어 중급의 마나 호흡법을 익힌 기사를 보고 부러움을 느낄 때가 많았다.

하급의 마나 호흡법으로는 최대한 해도 중급의 실력밖에는 되지 않았지만 중급은 상급이나 최상급도 바라볼 수 있었다.

그러니 이들이 부러워하는 것도 이해가 갔다.

"오늘 알려 준 검술은 누구에게도 말하지 말고 수련을 하도록 하고 혹시 모르는 부분이 나오면 언제든지 나를 찾으시오."

"알겠습니다. 공작 전하."

제이슨은 존경의 눈초리로 브레인을 보며 대답을 하였다.

기사들도 이제는 극도의 존경 어린 시선을 보내고 있었다.

브레인이 사라지자 기사들은 제이슨을 바라보았다.

제이슨도 이들이 자신을 보는 이유를 알고 있어서 입가에 웃음을 지었다.

"그만 봐라. 얼굴 뚫어지겠다."

"선배님. 그동안 마나 호흡법을 익히고 계셨다는 사실을 왜 알려 주시지 않으신 것입니까?"

"그렇습니다. 선후배 사이에 비밀은 없는 겁니다."

기사들은 제이슨을 보며 따지고 있었다.

"나는 분명히 너희들에게 브레인 공작 전하의 기사가 되었다고 이야기를 해 주었는데 너희들이 인정을 하지 않은 것이 아닌가."

기사들은 제이슨의 말을 듣고는 예전에 말을 한 기억을 찾을 수 있었다.

"그때는 선배님이 장난으로 하시는 말인지 알았지요."

"맞습니다. 그 당시에는 웃으면서 말을 하셔서 장난인지 알았다고요."

기사들은 억울하다는 표정을 지었다.

그때 이야기를 그대로 믿었다면 하루라도 빨리 마나 호흡법을 익힐 수가 있었을 것이라는 생각이 들어서였다.

하지만 제이슨은 그런 기사들의 표정을 보며 웃음밖에 나오지 않았다.

"그 당시에는 너희들에게 그런 기회가 없었다. 내가 먼저 공작 각하의 기사가 되고 너희들에 대한 이야기를 하여 이렇게 가문의 기사가 될 기회를 주었는데 아직도 나에게 불만이 있나?"

제이슨의 말에 기사들은 얼굴을 붉히고 말았다.

자신들도 그런 사실을 알고 있지만 괜히 억울하다는 심정으로 심통을 부리고 있다는 것을 말이다.

제이슨은 기사들의 얼굴을 보기만 해도 이들의 마음을 이해할 수 있었다.

"어쨌든 선배님이 마나 호흡법을 익힌 사실을 저희에게 말씀하지 않은 것은 사실이니 다음에 술을 사십시오."

그레이스라는 기사가 제이슨을 보며 억울하다는 얼굴로 말을 하였다.

"푸하하하, 알았다. 알았으니 그만하고 얼굴들 펴라."

제이슨의 말에 기사들도 얼굴이 밝아졌다.

기사들의 얼굴이 정상으로 돌아오자 제이슨은 그런 기사들에게 자신이 익히고 있는 마나 호흡법을 알려 주었다.

자신들이 익히고 있는 것과는 정말 차원이 다른 호흡법이라는 것을 기사들도 깨달았다.

"저기 선배님. 저희들이 배우려는 마나 호흡법이 중급의 마나 호흡법입니까?"

"아니다. 내가 알고 있기로는 상급의 마나 호흡법이다. 공작 전하의 가문의 기사들은 절대 약하지 않아야 한다고 하면서 주신 선물이다. 개인적으로 내가 알고 있기로는 상급의 마나 호흡법보다도 위에 있다는 생각을 하고 있다."

제이슨의 말은 기사들에게 엄청난 파장을 불러왔다.

중급의 마나 호흡법만 해도 엄청난 것인데 상급보다 위의 것이라는 말은 자신들이 지금 얼마나 대단한 것을 배우고 있는지를 알게 만들었다.

상급의 위에는 최상급의 마나 호흡법인데 이는 제국의 고위 귀족이나 황실에서 사용하는 것으로 알고 있었는데 자신들에게 그런 대단한 마나 호흡법을 익힐 기회가 왔으니 말이다.

"서… 선배님, 진심으로 하시는 말입니까?"

"그렇다. 내가 직접 익히면서 엄청난 호흡법이라는 것을 스스로 느끼고 있으며 절대 거짓이 없다고 장담한다."

제이슨은 후배들에게 기사의 표상이라는 말을 들을 정도로 인정을 받고 있는 선배였다.

그 정도로 제이슨을 따르는 후배들이 많다는 이야기였다.

그런 인물이 자신들에게 거짓말을 할 이유가 없다는 것을 알고 있는 후배들도 입이 벌어지는 것은 어쩔 수 없었다.

"검술이 대단한 것이 아니라 사실은 마나 호흡법이 더 대단한 것이군요."

"그래서 공작 전하께서 반드시 자손 중에 한 명에게만 전해야 한다는 말씀을 하신 것이다. 너희들도 기억을 하고 지켜야 한다."

"알겠습니다. 반드시 지키겠습니다."

"걱정하지 마십시오. 약속하면 저희들 아닙니까."

기사들은 아직 젊은 세대라 그런지 대답 하나는 자신 있게 하고 있었다.

제이슨은 그런 후배 기사들에게 마나 호흡법을 수련하게 하였다.

이제부터 이들도 충분히 강해질 수 있게 되었기 때문에 하루라도 빨리 시작하는 것이 좋았다.

공작 전하께서 기사들을 강하게 키우시는 이유에 대해서는 모르지만 강해진다는 것에 반발을 하는 기사는 없었다.

기사들은 새로운 마나 호흡법과 검술에 대한 많은 토론을 하며 열심히 수련을 하였다.

브레인은 기사들이 열심히 수련하는 것을 보며 아주 즐거운 기분이었다.

"후후후, 저들이 강해지면 그만큼 나의 가문이 강해지는 것이니 열심히 수련을 해 강자가 되어 나를 도와야 한다."

브레인은 기사들의 존재에 대해 이제는 확실히 알게 되어 많은 기사들을 거두려고 하였다.

물론 그 기사의 인격이 믿을 수 있어야겠지만 말이다.

헤이론 왕국에는 기사를 만들기 위한 아카데미가 있어 제법 재능이 있는 기사들이 많았다.

그런 기사들은 대부분이 경비대에 근무를 하기 때문에

그 기간을 마치면 충분히 섭외할 수 있었다.

"제이슨의 동료들은 아직도 연락이 없는가?"

브레인은 제이슨에게 함께할 동료를 알아보라고 해서 제이슨이 지금도 연락을 하고 있었다.

아직 제이슨의 연락을 받고 달려온 기사는 없었지만 말이다.

브레인은 제이슨이 믿을 만한 사람이라고 한 동료들이 상당히 궁금했지만 조금 더 기다리기로 했다.

이제 기사단을 만들려고 하는데 조급하게 처리할 이유가 없어서였다.

"아버지가 그렇게 만들고 싶었던 가문의 기사단을 만들게 되었군. 이 사실을 아시면 얼마나 기뻐하실지 모르겠네."

브레인은 아버지인 제임스가 가문이 부활에 대한 소식을 들으면 아마도 바로 달려올 것이라고 보았다.

평생의 한이었지만 자신의 능력이 되지 않아 포기를 해야 했으니 그 심정이 오죽했겠는가.

아버지를 편히 모시지 못해 죄송하지만 아직은 때가 아니라고 판단을 했다.

주변을 정리하고 어느 정도 세력을 만들면 그때서야 부모님을 모시려는 계획도 가지고 있었다.

자칫하면 부모님을 죽게 할 수도 있어서였다.

지킬 힘도 없이 행복을 이어 갈 수는 없었다.

주위에는 수많은 적들이 노리고 있는데 힘이 없으면 어찌 지켜 나가겠는가.

강자에게는 약하지만 약자에게는 강하게 대우하는 것이 현실이었기 때문이다.

브레인도 그런 사실을 알고 있기에 힘을 기르려고 하였다.

그렇게 시간을 흘러 오 년이라는 시간이 지나고 있었다.

3.

친구들의 귀환과 기사단의 창단

브레인이 지난 오년 동안 자신의 기반을 다지기 위해 많은 노력을 하여 지금은 헤이론 왕국에서 누구도 부럽지 않은 가문을 만들어 내었다.

다만 아직 기사단을 만들지 않았지만 이도 조만간에 해결이 되리라 생각하고 있었다.

"이제 이놈들이 내려올 때가 되었는데 말이야."

브레인은 마에스 산에서 수련을 하고 있는 친구들을 생각하고 있었다.

그들이 오면 바로 기사단을 만들려고 하고 있었다.

제이슨과 다섯 기사의 소개로 가문의 기사가 이제는 벌써 이백이 넘어서고 있었다.

그만큼 마나 호흡법과 검술은 기사들에게 대단한 반응을 일으켰다.

처음에는 동료의 말을 믿는 기사가 없었지만, 이 년이라는 시간이 지나자 이들의 실력이 월등하게 늘어나서 자신들이 상대가 되지 않는다는 것을 알게 된 동료들이 스스로 찾아와 애걸을 하는 사태가 발생하였다.

"제발 나를 소개해 주게. 이렇게 부탁하네."

"미안하네, 자네의 말을 믿지 못한 나를 용서해 주고 소개를 해 주게."

제이슨과 다섯 기사의 동료들이 스스로 찾아와 브레인의 기사가 되기를 간절히 원하여 많은 기사들을 받아들였지만, 브레인이 아무나 받아들이지는 않고 그중에 믿을 수 있는 사람만 골라 가문의 기사로 받아들였다.

개중에 기사로 받아들여지지 않아 분란을 조성하려고 하는 놈들이 있었지만 이는 브레인이 강력하게 대응을 해 주어 나중에는 그런 자가 사라지게 되었다.

그 후로 제이슨과 다섯 기사는 철저하게 인격을 보고 소개를 하여 이제는 기사의 수양이 없는 자는 아예 오지도 못하게 하고 있었다.

헤이론의 국왕과 귀족들은 브레인의 이런 행보에 걱정을 하고 있었다.

"폐하, 브레인 공작이 경비대 소속의 기사들만 골라 가문의 기사로 영입을 하고 있습니다. 이는 왕국의 안정에 불미스러운 일이 생길지도 모르는 일이옵니다."

"그렇습니다. 아무리 마스터라고 해도 왕국의 기사들을 영입하는 것은 문제가 있는 일입니다."

귀족들은 브레인이 하급의 기사를 영입하여 중급의 기사로 만들고 있으니 배가 아팠다.

자신들은 그들을 받아들여도 그렇게 키울 재주가 없으니 영입을 해도 돈만 날리는 꼴이었기 때문에 괜히 심술을 부는 중이었다.

브레인 자체가 이미 왕국의 명예 공작이라는 작위를 가지고 있으니 왕국에서 자리를 잡는다고 해도 이들이 따질 수도 없는 일이었다.

"그러면 어찌하였으면 좋겠소?"

국왕도 브레인이 기사들을 영입하는 문제가 조금은 심각하게 받아들여졌다.

자신이 힘을 키우기 위해 만들은 아카데미 출신들만 골라 영입을 하고 있으니 조금 불쾌한 기분도 들어서였다.

"폐하, 당장 브레인 공작을 불러들여 기사들의 영입을 그만두게 하십시오."

"그렇습니다. 경비대의 기사들이 모두 영입이 되면 수도에 치안이 흔들리게 됩니다."

귀족들은 말도 되지 않는 이유로 브레인의 일을 방해하

려고 하였다.

국왕은 그런 귀족들의 불만을 없애기 위해서라도 브레인을 불러야 했다.

"당장 브레인 공작에게 연락을 하여 지급으로 왕궁으로 오라고 전하시오."

"예, 분부 받들겠습니다. 폐하."

"옳으신 판단이시옵니다. 폐하."

헤이론 왕국은 브레인이 기사들을 영입하는 것을 좋게 받아들이지를 않았다.

브레인의 저택으로 국왕의 명령서가 전해졌다.

"브레인 공작은 국왕 폐하의 명령으로 지금 즉시 왕궁으로 들어오라는 지시입니다."

"알겠소. 준비를 하는 대로 출발을 하겠소."

브레인은 국왕이 지금 자신을 부르는 이유를 대강은 짐작하고 있었다.

왕국의 경비대에 속해 있는 기사를 대거 영입을 하였으니 가만히 있는 것이 오히려 이상하게 생각될 일이었다.

아마도 자신을 부르는 이유가 바로 이 문제 때문이라 생각하고 국왕을 어떻게 설득할 것인지를 생각하였다.

'국왕이 아마도 귀족들의 극성스러움에 더 그러는 것 같은데 경비대의 기사들을 조금 강하게 해 주면 되려나?'

브레인은 기사들을 영입하면서 나중에 이런 문제가 발

생할 것을 예상하고 있었다.

그래서 나중에 문제가 생기면 국왕과 단판을 지을 생각이었다.

그 조건은 경비대의 기사들을 강하게 해 주는 것이었다.

만약에 국왕이 다른 조건을 원한다고 해도 어지간하면 들어줄 생각이었다.

'일단 왕궁으로 가서 분위기를 보고 결정하자.'

브레인을 그렇게 생각하고 왕궁으로 갔다.

왕궁의 회의실에는 많은 귀족들이 모여 브레인을 기다리고 있었다.

회의실의 입구에 브레인이 도착하자 시종장은 빠르게 안에 소리를 쳤다.

"브레인 공작 드십니다."

소리와 동시에 문이 열렸다.

브레인은 당당하게 회의실로 들어갔다.

이제는 자신도 이들에게 신분이나 세력에서 전혀 밀릴 것이 없어서였다.

"국왕 폐하를 뵈옵니다."

"어서 오시오. 공작."

"저를 찾으셨다고 들었습니다. 폐하."

"그렇소. 요즘 왕국의 수도가 시끄러워 그대를 불렀소."

브레인은 국왕이 말을 교묘하게 한다고 생각했다.

국정을 이끌고 이십 년이라는 세월을 살아온 국왕이니 말을 하는 방법도 아주 요상하게 하고 있었다.

"무슨 일인데 그러시는 것입니까?"

브레인은 정면으로 돌파를 하기로 결정을 하였다.

"아니, 본인이 이번 일을 만들어 놓고 모르고 있다는 말을 그렇게 쉽게 하실 수 있는 것입니까?"

"무슨 일을 본인이 했다는 것이오?"

"공작께서 경비대의 기사들 중에 재능이 있는 기사만 골라 영입하고 있는 문제 때문에 이렇게 모인 것입니다."

브레인이 기사들을 영입하는 문제로 가장 배가 아픈 자이넨 자작이 따지고 있었다.

자이넨 자작은 자신이 사령관으로 있는 경비대의 기사들이 대거 빠져나가는 바람에 아주 죽을 맛이었기 때문이다.

기사들 중에는 자신이 나중에 영지로 가면서 영입을 하려고 하는 기사도 있었다.

그런데 재능이 보이는 기사는 모조리 브레인이 데리고 가니 배가 아파 죽을 맛이었다.

"나는 경비대의 기사가 원하기에 영입을 한 것이지 강제로 그들을 기사로 만들지는 않소. 자이넨 자작."

브레인이 아주 기분이 나쁘다는 표정을 지으면 말을 하

니 자이넨 자작은 아차 싶은 얼굴이었다.

왕국의 명예 공작이지만 일단은 작위가 공작이었기에 자신의 작위로는 상대가 되지 않는 신분이었다.

그리고 상대는 마스터의 경지에 도달한 사람이라는 것을 잊고 있었다는 생각이 들자 자이넨 자작은 등에 식은 땀이 흘렀다.

국왕은 자이넨 자작이 브레인의 말에 대답을 못하는 것을 보고는 바로 끼어들었다.

"공작이 기사를 영입하는 것이 문제가 아니라, 그 기사들이 모두 경비대의 기사라는 것이 문제인 것이오."

브레인은 자이넨을 공격하고 있는데 갑자기 국왕이 지원을 하니 일단 한발 물러나기로 했다.

"국왕 폐하, 경비대의 기사들을 영입하는 것에 문제라는 것은 어떤 말씀이십니까?"

"원래 경비대는 왕국의 치안을 유지하기 위해 특별히 만들어진 단체이오. 왕국의 국비로 아카데미를 다니게 하여 그들을 왕국의 기사로 만들어 왕국을 지키기 위해 존재하는 곳인데, 공작이 그곳의 기사들만 영입을 하니 경비대를 유지할 수가 없게 되어서 하는 말이오."

국왕은 충분히 이해가 가게 설명을 하였지만 솔직히 내용을 알지도 못하고 하는 말이었다.

경비대의 기사들은 오 년이라는 복무 기간을 마치면 자

유 기사라는 신분이 주어진다.

하지만 말이 좋아 자유 기사이지 실지로는 평민과 다를 것이 없는 신분이었다.

경비대의 기사로 남아 있으면 그나마 기사로 인정을 받기라도 하지만 경비대를 떠나면 그 후로는 먹고살기 위해 평민들과 같이 일을 해야 했다.

그런 그들을 왕국에서는 아무런 조치도 취하지 않고 방치를 하고 있으면서 자신이 그들을 영입하니 말도 되지 않는 이유를 만들어 핍박하고 있었다.

"국왕 폐하, 제가 어찌하였으면 좋겠습니까?"

브레인의 안색이 대번에 차가워지며 물었다.

눈에는 차가운 분노를 담아 국왕을 보고 있으니 국왕도 오금이 저리는 기분이었다.

"아… 아니, 나는 그냥 공작이 왜 그렇게 하는지를 알고 싶어 부른 것이라오."

국왕은 자신의 생각과는 다르게 꼬리를 말고 말았다.

그만큼 브레인의 차가워진 분위기에 압도당했다는 이야기였다.

"폐하, 경비대의 기사를 영입한 것은 일단 왕국의 전력에 도움이 되기 위해서입니다. 비록 우리 가문의 기사가 되었지만 그렇다고 그들이 왕국의 기사가 아니지는 않잖습니까. 그러니 오해가 없었으면 합니다."

브레인의 말대로 왕국의 기사가 강해지면 국력이 그만큼 강해지는 것이니 좋은 일이겠지만 내용으로 보면 개인의 힘이 강해진다는 것이 문제였다.

귀족들이 바라는 것이 바로 가문의 힘이 강해서 강한 권력을 가지고 싶어 하기 때문에 국왕도 걱정하는 것이 바로 이런 문제 때문에 반대를 하는 것이었다.

브레인의 날카로운 눈빛에 귀족들도 말이 없는 것을 보니 브레인과 척을 져서 좋을 것이 없다고 판단해서였다.

개인의 힘도 막강한데 이제는 기사들까지 생겼으니 괜히 끼어들어 영지전이나 하자고 하면 골치 아파지기 때문이다.

"공작의 말대로 그렇게 되면 얼마나 좋겠소."

국왕은 정신을 차렸는지 눈빛을 빛내고 있었다.

국왕으로서는 항상 귀족들을 경계해야 하는 입장이었다.

브레인도 눈치가 있으니 그런 국왕의 입장을 모르지는 않았다.

"폐하, 저의 가문은 정치에는 관심이 없습니다. 기사가 정치를 하지도 못하지만 하고 싶지도 않습니다. 기사는 자신의 실력을 키우는 것에만 신경을 써도 시간이 부족한 실정입니다. 이는 우리 가문의 기사들도 마찬가지입니다. 이 자리에서 저의 명예를 걸고 정치에는 관심이 없음을 약속드리겠습니다."

브레인이 명예를 걸고 약속을 하니 국왕과 귀족들도 놀란 얼굴을 하였다.

귀족이 명예를 거는 것은 그 생명을 거는 것과 같은 효과이기 때문이었다.

명예를 잃은 귀족은 누구도 그를 귀족으로 대접을 하지 않았다.

이는 대륙의 모든 귀족들의 암묵적이 약속이었다.

"공작이 그렇게 약속을 하신다면 기사를 영입하는 것을 반대하지 않겠소. 자신의 명예까지 거셨는데 반대를 할 이유가 없지 않소."

"감사합니다. 폐하."

브레인의 문제는 이렇게 간단하게 마무리가 되었다.

귀족들은 불만이 있었지만 명예를 걸고 한 약속에 더 이상 말을 할 수는 없었는지 반대를 하는 사람은 없었다.

스스로의 자부심을 가지고 있는 귀족이라는 신분 때문이었다.

브레인은 그런 귀족들을 보며 웃음밖에는 나오지 않았다.

혼자서는 당당하게 행동도 못하면서 꼭 저렇게 단체로 있어야 용기가 나는지가 신기하기만 했다.

'자식들이 꼭 단체로 덤비려고 하고 있어.'

브레인이 유유히 왕궁을 빠져나가고 국왕과 귀족들은 그런 브레인을 그냥 보고만 있었다.

※ ※ ※

수도에서 브레인이 이렇게 기반을 닦고 있을 때 브레인의 친구들은 오늘도 눈물을 흘리며 수련에 열중하고 있었다.

"헉, 헉, 오늘은 그만하자."

"헉, 그러자."

친구들은 브레인이 알려 주고 간 검술과 마나 호흡법을 익히면서 나름대로 상당히 자신들이 강해졌다는 사실을 알았다.

하지만 브레인이 원하는 단계가 생각보다는 높았는지 아직도 그 경지에는 도달하지 못해 하산을 하지 않고 있었다.

이는 친구들과 브레인의 무지로 인해 일어난 일이라는 것을 이들은 모르고 있었다.

지금 이들의 실력을 상급의 실력에서 최상급의 실력으로 가는 중이었는데, 이들이 브레인에게 듣기로는 최상급의 실력이 상급이라 들어서 일어난 일이었다.

"브레인이 원하는 경지가 상급의 익스퍼트 맞니?"

"그래, 그래야 남들에게 무시를 당하지 않는다고 했어."

"휴우, 오 년이라는 시간을 잠도 자지 않으며 수련을 했는데 상급은 멀기만 하구나."

"야, 저기 엔더슨 오니 그만하자."

친구들은 엔더슨이 오는 것을 보고는 입을 닫아 버렸다.

엔더슨은 이들도 인정할 만큼 정말 열심히 수련을 하였다.

초기에는 마나 호흡법을 죽어라고 파서 친구들보다 많은 마나를 모았지만 그 뒤로 검술을 익히면서는 엔더슨의 체질 탓인지 익스퍼트의 경지에 도달하고 나니 더 이상 진전이 없었다.

엔더슨은 정말 침식을 잊고 죽을 각오로 노력을 한 결과가 그렇게 나타나니 결국 눈물을 흘리며 통곡을 하게 되었다.

그 다음 날 모든 것을 잊고 떠나려고 하는 엔더슨을 친구들이 죽어라고 달래고 사정을 하여 겨우 진정을 시켜 같이 살고 있는 중이었다.

"어디 갔다 와?"

"응, 저기 숲에 과일이 신선해서 가지고 왔어, 너희들도 먹게 하려고."

엔더슨은 검술을 익히려고 아무리 노력을 해도 진전이 없는 것에 더 이상은 검술에 매달리지 않고 친구들에게 도움이 되는 것을 찾고 다녔다.

마나 호흡법은 아직도 계속하고 있었지만 자신의 체력으로는 검술과는 정말 인연이 없다는 것을 뼈가 사무치도록 몸으로 체험을 해서 이제는 미련도 없었다.

"엔더슨 마나 호흡법은 아직도 하냐?"

"그래, 마나 호흡법을 하면 그래도 몸이 건강해지니 하고 있어."

엔더슨은 마나 호흡법을 익히면서 신기한 경험을 하고 있었다.

이 년 전인가부터 마나 호흡법을 하면 신기하게 자신의 마나가 심장 쪽으로 자꾸 가려고 하여 처음에는 막았지만 시간이 지나면서는 가면 어떻게 변할까라는 생각이 들어 그냥 두고 보았는데 마나들이 심장에 자리를 잡아 맹렬히 돌기 시작하며 작은 원을 만들고 있었다.

엔더슨은 신기하기도 하고 한편으로는 두렵기도 했지만 자신이 겪고 있는 이상한 체험에 대해 친구들에게는 말을 하지 않고 있었다.

'내가 말을 하면 저놈들은 신기하다고 하면서 해부를 하고도 남을 놈들이지 절대 말을 해서는 안 돼.'

엔더슨은 신기하기도 했고 심장이든 어디든 그래도 마

나가 쌓이고 있다는 것에 위안을 삼고 있었다.

마나가 많으면 일단 나쁘지는 않다고 생각해서였다.

엔더슨은 자신의 체질이 마법사가 되어야 하는 체질이라는 것을 아직 모르고 있었다.

마법사 중에 엔더슨처럼 마법을 익히기 위한 체질이 가끔 태어나기도 했는데 엔더슨이 그런 체질로 태어났다.

만약에 엔더슨이 고대 제국의 마나 호흡법을 익히지 않고 일반 마나 호흡법을 익혔다면 불구의 몸이 될 수도 있었지만 다행히 고대 제국의 마나 호흡법을 익혀 그나마 심장에 마나를 쌓고 살아갈 수가 있었다.

지금의 마나 호흡법은 모두 고대 제국의 호흡법을 변형시켜서 사용하는 것이라 기사와 마법사의 마나 호흡법을 따로 구분하고 있어서였다.

엔더슨이 브레인을 만난 것은 어쩌면 운명의 여신이 이어주었는지도 모르는 일이었다.

"엔더슨, 무슨 생각을 그렇게 하는 거야?"

"아… 아니야. 여기 과일이 있으니 너희들도 먹어."

엔더슨의 당황하는 모습에 친구들의 눈에는 의심스러운 눈빛을 하였다.

"엔더슨, 사실을 말해 봐라."

"그래, 우리는 친구잖아."

친구들은 엔더슨의 얼굴만 봐도 지금 거짓말을 하고 있

다는 사실을 알고 있었다.

그만큼 오랜 시간을 함께 생활했기 때문에 상대의 얼굴만 보아도 감정을 느낄 수 있을 정도였다.

"정말 아무것도 아니야. 정말이야."

엔더슨의 극구 부인에 친구들의 얼굴이 다시 정상으로 돌아왔다.

"알았다. 믿어 줄게."

"그래, 엔더슨은 우리 친구잖아."

친구들의 말에 엔더슨은 아무런 말을 할 수가 없었다.

마치 자신이 친구들을 속이는 기분이 들어서였다.

하지만 자신의 몸에 일어나고 있는 현상은 누구에게도 말을 하고 싶지 않았다.

자신도 모르는 현상이라 아직은 비밀로 하고 싶었다.

"알렉스, 우리 수련만 하다가 이거 장가도 못가는 거 아냐?"

친구들도 사실 이제 서서히 지쳐 가고 있는 중이었다.

말이 수련이지 이거는 죽자 살자 검만 잡고 있으니 죽을 맛이었다.

"야, 우리 이제 그만 내려갈까?"

"그래, 브레인이 수도에 자리를 잡고 있겠다고 했으니 가 보자."

"그런데 브레인이 화를 내면 어쩌지?"

이들은 브레인이 가문의 마나 호흡법과 검술을 자신들에게 알려 주면서 약속을 한 것이 걸렸다.

가문의 기사가 되겠다고 약속을 하고 익스퍼트 상급의 경지에 도달하면 찾으러 오라는 말을 남겼기 때문이다.

자신들이 평민이기 때문에 그 정도는 실력이 되어야 남들에게 인정을 받을 수 있다는 말을 해 주었기에 이들은 고민이 되었다.

"우리 실력이 아직은 중급이지?"

"응, 아직은 중급이지."

"중급이기는 하지만 우리 더 이상 진전이 없으니 나가서 경험을 쌓는 것도 나쁘지 않을 것 같은데."

친구들은 이곳에서 있는 동안 전투에 대한 경험은 상당히 쌓고 있었다.

인간을 상대하지는 않았지만 몬스터를 상대로 충분한 경험을 쌓았다고 자부할 수 있었다.

죽을 각오로 몬스터와 전투를 싸웠고, 이제는 충분히 자신들도 강해졌다고 스스로가 인정을 할 정도는 되었기에 이런 생각을 하게 되었다.

엔더슨은 이런 친구들을 보며 언젠가 터질 일이라고 생각하고 있었는데 오늘 그 일이 터져 잠시 생각하는 얼굴이었다.

"너희들의 실력이 더 이상 진전이 없는 것은 내가 보기에 아마도 다른 경험이 있어야 하는 것 같아."

엔더슨의 말에 모든 친구들의 시선이 모였다.

"다른 경험이라니?"

"그래, 엔더슨은 똑똑하니 무언가 알고 있을 수도 있을 거야."

친구들 중에 엔더슨의 머리가 가장 뛰어난 것은 사실이었다.

신기하게도 이들은 각자의 뛰어난 부분은 스스로가 인정을 하고 있었다.

하기는 그러니 지금도 서로 사우지 않고 이렇게 있는지도 모르지만 말이다.

"너희들은 여기에서 계속 수련을 해도 내가 보기에는 더 이상 발전이 없을 것 같아. 전에 들은 이야기 중에 살아가면서 배우는 모든 것들이 우리에게는 지혜가 되고 그런 경험이 깨달음을 줄 수도 있다는 이야기를 들었다. 그러니 우리도 이번에 나가서 새로운 생활을 하며 경험을 얻어야 검술도 진전이 있을 것이라는 생각한다."

엔더슨의 말에 친구들의 얼굴이 심각하게 변해 가고 있었다.

아직 자신들은 그렇게까지는 생각지 못했는데 엔더슨은 그런 자신들의 부족함을 단번에 알아보았기 때문이다.

"엔더슨 너는 그만 내려가자는 말이냐?"

알렉스는 자신도 같은 생각을 하고 있었기에 하는 말이었다.

다른 친구들도 엔더슨의 입만 보고 있었다.

"나는 내려가는 것이 좋을 것 같아. 우리에게 그게 더 현명한 판단이라고 생각해."

"좋아, 나도 엔더슨의 생각과 같아 너희들은 어때?"

알렉스의 말에 친구들도 잠시 생각하는 눈초리였다.

가장 먼저 입을 여는 사람은 역시 결단력이 빠른 피터였다.

"나도 우리가 여기에 있는다고 해서 우리의 실력에 도움이 되지 않는다고 생각해 그러니 내려가자."

피터의 결정에 다른 친구들의 마음도 흔들렸다.

무엇보다도 사실 지겨워 죽을 맛이었다.

"나도 내려갈래."

"그래, 모두 간다고 하는데 나만 빠질 수는 없으니 모두 내려가자."

친구들이 모두 내려가기로 결정을 하자 엔더슨은 그동안 생각하고 있었던 것을 친구들에게 말하였다.

"우리가 내려가서 가장 먼저 할 일은 브레인 있는 수도로 가는 거야. 브레인이 그동안 얼마나 기반을 닦았는지는 모르지만 우리는 반드시 약속을 지켜야 한다."

엔더슨의 약속이라는 말에 친구들의 눈빛을 빛나게 하였다.

이들은 단순한 시골의 아이들로 시작해서 지금의 경지에 도달하게 해 준 사람이 바로 브레인이라는 것을 모두가 인정하고 스스로도 브레인이 자신들의 대장이라고 생각하고 있었다.

그런 은인이자 친구인 브레인에게 가는 것에 반대를 하는 친구는 아무도 없었다.

"나는 찬성이다. 브레인을 보러 수도로 가자."

"나도 찬성이다."

친구들이 모두 찬성을 하자 엔더슨의 입에는 미소가 지어졌다.

"모두 찬성을 하였으니, 오늘은 여기를 정리하고 내일 떠나기로 하자. 모두 떠나기 전에 그동안 잡아 두었던 몬스터 가죽도 챙기는 것 잊지 말고."

"알았어. 그런 거는 걱정하지 마라."

친구들은 수련을 하는 동안 수많은 몬스터와 전투를 하였고, 일부 몬스터의 가죽은 마을에 오는 상단을 통해 판매를 하여 자신들의 식량과 생필품을 구입하고 있었다.

그러니 몬스터 가죽의 비싸다는 것을 모두가 알고 있었다.

수도로 가는 길에 필요한 경비를 몬스터 가죽을 팔아 충당하려고 전부터 준비를 하고 있었던 것이다.

브레인은 친구들이 이렇게 자신을 찾아온다는 사실을 아직은 모르고 있었다.

"제이슨 경, 이제 기사가 되겠다고 오는 경비대의 기사는 그만 받도록 하시오."

제이슨도 브레인이 국왕에게 간 이유를 알고 있기에 바로 대답을 하였다.

"하지만 이미 신청을 한 기사는 어찌하시겠습니까?"

"이미 가문의 기사로 신청을 한 사람은 어쩔 수 없지만 더 이상은 신청을 받지 마시오. 한동안은 우리도 자중하는 모습을 보여 주어야 하니 말이오."

브레인도 국왕의 입장에서 자신이 공들여 키운 기사들을 다른 사람이 영입을 하고 있으니 결코 좋은 기분은 아닐 것이라는 생각이 들어서였다.

"알겠습니다. 공작 전하."

브레인의 가문에 소속이 된 기사는 이제 이백이 조금 넘는 인원이었다.

보통 공작의 가문은 세 개의 기사단을 가지고 있을 수가 있었는데 한 개의 기사 단원이 백 명이었다.

그러니 브레인이 데리고 있을 기사의 수는 모두 삼백

명의 인원이라는 말이었다.

물론 편법을 이용하여 더 많은 기사들을 데리고 있을 수도 있겠지만, 브레인의 입장에서는 그렇게까지 하고 싶지는 않았다.

"그나저나 기사들의 실력은 어떻소?"

"지금 마나 호흡법을 중점적으로 익히고 있으니 조만간에 좋은 성적이 나올 것입니다. 공작 전하."

제이슨은 경비대에 있는 동안 막 중급의 실력자가 되었지만 브레인이 알려 준 마나 호흡법으로 인해 지금은 상급의 실력자가 되는 기염을 토하였으니 기사들의 반응은 폭발적으로 마나 호흡법을 익히려고 하고 있었다.

경비대 소속의 기사들 중에 상급의 실력자는 아직 아무도 없었기 때문에 이들에게는 새로운 희망이 생겼다.

자신들도 상급의 익스퍼트가 될 수 있다는 것에 이들은 정말 목숨을 걸고 수련을 하고 있었다.

"아직 상급의 기사는 나오지 않았소?"

"죄송합니다. 아직은 상급의 기사는 나오지 않았습니다. 그러나 조만간에 상급의 기사가 될 기사들이 제법 있습니다. 공작 전하."

제이슨은 자신만 상급의 기사가 되었다는 것이 조금 미안한 얼굴을 하고 있었다.

제이슨이 상급의 기사가 되기 위해 한 노력은 브레인도

인정을 할 정도로 피나는 수련을 하여 지금의 실력이 되었기에 브레인은 고개만 끄덕였다.

"기사들의 훈련은 전적으로 제이슨 경에게 일임을 할 것이니 부족하지 않게 해 주시오."

"감사합니다. 공작 전하."

브레인은 조만간에 제이슨을 기사단의 단장으로 해 주어야겠다고 속으로 생각했다.

제이슨의 경험과 기사들의 반응을 보면 충분히 단장을 해도 문제가 없을 것이라 생각이 들었다.

'이제 슬슬 기사단을 만들어 준비를 해야지.'

브레인은 그동안 많은 시간과 공을 들여 기사들을 수련시켰고, 이제 그에 대한 보답을 받을 시간이 되었다고 생각했다.

기사단을 편성하여 새롭게 꾸며 제이슨을 기사단의 단장을 삼고 다른 기사단은 일단 두고 볼 생각이었다.

아직 상급의 실력자가 나오지 않으니 어쩔 수 없는 일이었다.

'젠장 이럴 때 친구들이 오면 얼마나 좋아. 그놈들 이제는 제법 실력도 늘었을 것인데 말이야.'

브레인은 한시도 친구들을 생각하지 않은 적이 없을 정도로 친구들을 그리워하였다.

오랜 시간을 함께 생활하며 서로에게 의지를 하였던 친

구들이라 더 그런지도 모르지만 말이다.

친구들의 실력이 자신이 원하는 수준만 되어도 충분히 그들의 실력을 한두 단계 더 이끌어 줄 수 있어서였다.

'오기만 해라. 내가 확실히 너희들을 키워 주마.'

"제이슨 경, 이제 기사단을 만들 준비를 하시오."

"알겠습니다. 그런데 기사단을 만들면 남아 있는 기사는 어찌하실 생각이십니까?"

지금 가문의 기사들이 모두 이백삼십이 명의 인원이었기에 두 개의 기사단을 만들 수 있지만 나머지 기사들은 기사단을 만들기에는 부족한 인원이었다.

"부족한 기사들은 기사로 신청한 사람을 우선 접수하고 나머지는 나중에 채우면 되지 않겠소. 일단 기사단을 만드는 일에 착수하시오."

"그렇게 하겠습니다. 공작 전하."

제이슨은 브레인의 명에 빠르게 대답을 하였다.

기사단을 만들려는 것을 보니 이제 자신도 단장의 자리에 앉을 수 있을 것이라는 생각에 흥분이 되었다.

상급의 기사부터 단장이 될 수 있었기 때문에 자신이라면 이제 충분히 단장이 될 수 있다는 생각에서였다.

수도의 입구에는 용병들의 옷을 입고 검문에 응하는 무리들이 있었다.

"신분증을 보여 주게."

"여기 있소."

보여 주는 손에는 용병패가 놓여 있었다.

"흠, 이급 용병이라 꽤 실력이 있군. 들어가게."

"고맙소."

용병들은 검문을 마치자 안으로 들어갔다.

왕국의 수도라 안에는 용병들이 생각과는 많이 다른지 용병들의 얼굴에는 감탄이 어렸다.

"여기는 수도라 그런지 볼 것이 많네."

"당연하지, 명색이 왕국의 수도라고 하는데 볼거리가 없겠냐."

"다른 소리 하지 말고 브레인을 먼저 찾아보자. 길드에서 말하기는 공작의 작위를 받았다고 하던데 금방 찾을 수 있겠지."

"그러자. 그럼 저택이 있는 것을 먼저 확인하고 가자."

용병들은 다름이 아닌 브레인의 친구들이었다.

이들이 수련장을 내려오며 가장 처음 마을에서 용병으로 가입을 하고 수도로 오는 중이었다.

이는 엔더슨이 용병으로 움직이는 것이 가장 편하다고 하여 이루어진 일이었다.

일단 신분이 확실하고 활동하기에 편해서였다.

브레인의 저택 입구에 용병들이 도착을 하였다.

엔더슨은 브레인이 이제 귀족이 되었으니 말을 조심하라는 하였지만, 친구들도 그 정도는 알고 있어 최대한 조심을 하고 있었다.

"여기 브레인 공작 전하의 저택이 맞습니까?"

"그런데 누구시오?"

정문을 지키고 있는 병사도 그리 나이가 많지 않아서인지 반말을 하지는 않았다.

엔더슨은 병사의 말투를 듣고는 이도 브레인이 지시를 하여 그런 것으로 오해를 하였다.

'역시, 브레인이야.'

"우리는 공작 전하의 부름을 받고 온 사람들입니다. 안에 공작 전하께 엔더슨과 그 일행이 왔다고 전해 주시기 바랍니다."

엔더슨은 병사에게 자신의 이름을 알려 주며 전해 달라고 하였다.

"엔더슨, 왜 우리가 너와 일행이라고 하는데?"

"맞아. 피터와 그 일행이라고 해야지."

친구들은 제일 먼저 엔더슨의 이름이 들어가자 기분이 상했다는 표정으로 반대를 하고 있었다.

병사는 용병들의 이름을 듣고 서로가 먼저 이름이 앞에 있어야 한다는 것에 어이가 없었다.

"여기가 어디인지 알고 그런 행동을 하는 것이오?"

"당연히 알고 있지. 헤이론 왕국의 명예 공작이신 브레인 공작 전하의 저택이 아니요."

"아니, 그럼 알고도 장난을 하는 것이오?"

병사의 눈길이 곱지 않게 변하는 것에 엔더슨은 재빠르게 병사를 보고 입을 열었다.

"하하하, 우리가 원래 서로 이름을 알리고 싶어 그러는 것이니 오해는 하지 마시오. 어서 안에 전해 주시만 하시오."

엔더슨의 말에 병사도 공작이 직접 불렀다는 것이 생각났는지 이내 얼굴을 고치며 대답을 하였다.

"잠시만 기다리시오."

병사가 안으로 들어가자 친구들은 입구에서 기다리고 있었다.

병사는 빠르게 안으로 가서 당직 기사에게 사실을 알렸다.

"기사님. 지금 입구에 공작 전하께서 찾으신 용병들이 도착을 하였습니다. 어떻게 할까요?"

"응? 공작 전하께서 용병들을 찾으셨다고?"

"예, 엔더슨인가 하는 용병과 그 일행이라고 하는데 공작 전하께서 직접 부르셨다고 합니다."

"기다리고 있게. 내가 안에 들어가 확인을 해 볼 것이니 말이야."

기사는 브레인 직접 불렀다는 말에 바로 안으로 달려갔다.

가문의 주인이자 마스터의 경지에 도달한 브레인이 불렀다는 것은 보통 일이 아니라고 생각해서였다.

"공작 전하, 정문에 용병들이 찾아왔습니다."

브레인은 서재에 있다가 갑자기 전해지는 소리에 무슨 소리인지를 몰랐다.

"용병이라니 무슨 소리인가?"

"엔더슨과 그 일행이라는 용병들이 지금 입구에서 공작 전하께서 찾았다고 하며 도착해 있습니다."

브레인은 엔더슨이라는 이름에 자리를 박차고 일어났다.

"엔더슨이라고 했나?"

기사는 브레인의 그런 모습을 처음으로 보는지 조금 놀란 얼굴을 하며 대답을 하였다.

"예, 그렇습니다. 공작 전하."

"당장 가세."

브레인은 말과 동시에 정문을 향해 갔고 뒤를 따르는 기사는 자신이 혹시 실수를 한 것이 있는지를 다시 생각하게 되었다.

브레인이 살고 있는 저택도 제법 크기가 커서 정문까지 가는 시간이 제법 걸리는 거리였다.

브레인은 뒤에 기사가 없으면 그냥 달려갔으면 했지만 이제는 스스로 귀족으로 자각을 하고 있는지 조금은 체면을 차리고 있었다.

정문에는 브레인의 친구들이 용병 옷을 입고 기다리고 있었다.

엔더슨과 친구들은 브레인이 나오는 모습에 입가에 미소를 지었다.

"공작 전하를 뵈옵니다."

"공작 전하께 인사드립니다."

친구들은 아주 정중하게 브레인에게 인사를 하였다.

브레인은 그런 친구들을 보자 눈가에 눈물을 자기도 모르게 흐르고 있었다.

"고맙다, 잊지 않고 이렇게 나를 찾아 주어서."

친구들도 브레인의 목소리가 떨리는 것에 눈이 충혈이 되었는지 전부 눈의 발갛게 변해 있었다.

"공작 전하, 정말 오랜만에 뵈옵니다."

"긴 시간 동안 공작 전하만 생각하고 있었습니다."

친구들의 말에 브레인도 고개를 끄덕였다.

이들이 수련을 한 이유가 바로 자신 때문이라는 것을 알고 있어서였다.

그 긴 시간을 수련만 하고 이제 자신을 찾아왔으니 기쁘기만 했다.

친구들이 이제 자신의 곁에 있으니 천하를 얻은 기분이 드는 브레인이었다.

"잘 왔다. 이제부터 우리들의 꿈을 실현시키도록 하자."

4.

전쟁의 징조

카이라 제국에서 가장 권력이 강한 귀족이라면 당연히 미첼 공작가였다.

원래 후작가였지만 제국에 공을 세워 공작의 작위를 받으며 공작가로 변신한 미첼 공작가는 카이라 제국에서 가장 강한 가문이었다.

그런데 미첼 공작가가 강한 것은 사실이지만 문제가 있었으니 바로 자금의 부족이었다.

쾅!

"아니, 아직도 그놈을 찾지 못했다는 말이오?"

"죄… 죄송합니다. 저희들이 최대한 수색을 하였지만 아직 찾지를 못하고 있습니다. 공작 전하."

"이…… 이놈이 이런 짓을 하다니……."

미첼 공작가의 당대 주인인 안소니 공작은 지금 엄청난 화를 참고 있는 중이었다.

가문의 비고를 털어 간 아들 때문이었다.

평소에 비고를 출입하는 방법을 직계에게만 알려 주었는데, 그 직계가 비고를 털어 갈 줄은 생각지도 못했기 때문이다.

가문의 둘째인 페리어는 마법에 관심이 많은 아들이었고 자신도 관심을 두고 있는 자식이었는데, 그 아들이 이렇게 가문을 송두리째 흔들어 놓고 사라질 줄은 정말 생각도 하지 못했던 일이었다.

"도대체 그놈이 비고를 털어 가야 하는 이유가 무엇이란 말인가?"

안소니 공작도 가신들에게 묻고 있었다.

가신들도 가문의 후계 위에 있는 공자가 비고를 털어 갈 줄은 정말이지 상상도 하지 못하고 있었다가 지금 이렇게 호되게 당하고 있는 중이었다.

"아직 정확한 사유는 밝혀지지 않았습니다."

가신들도 갑자기 이런 일을 할 이유를 모르고 있으니 답답하기만 했다.

그때, 문이 열리며 안으로 들어오는 인물이 있었다.

대략 이십 초반의 나이에 금발의 머리를 가진 젊은 남

자였다.

“아버지. 페리어가 비고를 털어 간 이유는 아마도 이번에 알게 된 한 아가씨 때문인 것 같습니다.”

“아가씨라니? 무슨 소리냐?”

“전에 파티를 하고 와서 저에게 정말 마음에 드는 아가씨를 보았다고 하였는데, 자신의 마음을 받아 주지 않는다고 하는 소리를 들은 적이 있습니다.”

“아니, 아가씨 때문에 가문의 비고를 털어 갔다는 것이 말이 되는 소리냐?”

안소니 공작은 자신의 화를 참지 못하고 나서 크게 소리를 지르고 말았다.

큰아들인 그레이는 평소에 마음에 들지 않는 페리어를 이번에 확실하게 정리를 하기로 하였는지 자신의 의사를 굽히지 않았다.

“아니면 가문의 비고를 털어 간다는 것이 말이 된다고 생각하십니까?”

페리어의 평소 행동을 생각하면 절대 일어날 수 없는 일이었다.

페리어는 가문의 모든 사람들에게 친절하게 대하는 아주 자상한 사람이었기 때문이다.

가문의 가신들도 페리어를 개인적으로 상당히 좋아하는 사람들이 많았으니 말이다.

안소니 공작은 아들의 말을 듣고는 잠시 화를 진정시키고는 냉정하게 생각을 하게 되었다.

"너는 동생이 여자 때문에 가문의 비고를 털어 갔다고 보느냐?"

"저도 그렇게까지 생각지는 않으려고 하였지만 일이 너무 커서 도대체 이유를 알 수가 없어 여러 가지로 생각해 보았지만 다른 것이 없어 내린 결론입니다."

안소니 공작과 가신들도 그레이의 말을 듣고 조금은 긍정적인 생각으로 받아들이기 시작했다.

가문의 일도 중요하지만 페리어가 아직은 사춘기의 남자였으니 그럴 수도 있다는 생각이 들어서였다.

"그럼, 그 여자가 누구인지는 아느냐?"

"예, 그때 듣기로는 제이펠 후작가의 딸인 세실리아라고 들었습니다."

"세실리아라… 테니 백작은 지금 당장 세실리아라는 레이디에 대해 조사를 해서 가지고 오게. 만약에 페리어의 일이 조금이라도 개입이 되어 있다면 가차 없이 데리고 오게."

"하지만 제이펠 후작가라면 그렇게 데리고 와서는 나중에 문제가 생기게 됩니다."

"나중은 내가 책임을 질 것이니 당장 시행하게."

안소니 공작은 화를 참고 있지만 성질을 부릴 때는 아

무도 말리지 못할 정도로 다혈질이라는 것을 모두가 알고 있기에 다른 말을 하지 못하고 있었다.

"알겠습니다. 공작 전하."

테니 백작의 눈치로 기사단 단장이 그와 함께 조용히 사라졌다.

테니 백작이 나가는 것을 보고 안소니 공작은 자신의 아들인 그레이를 보았다.

"그레이. 너의 말이 진실이기를 바란다."

안소니 공작은 그레이를 보며 말하고 있었지만 실지로는 그레이의 뒤에 있는 가문에게 통보를 하는 것이었다.

그레이는 공작가의 일부인인 에레나와 그 아버지인 버팔로 후작가를 말하고 있었다.

버팔로 후작가에서는 미첼 공작가의 차기 주인으로 그레이가 되기를 바라고 모든 지원을 하고 있었지만 아직은 차기 후계자가 되지는 못하고 있었다.

안소니 공작에게는 세 명의 아들이 있었는데, 세 아들 모두 다른 가문의 여자와 결혼하여 얻은 자식들이었다.

그중에 가장 마음에 두고 있었던 페리어를 그레이는 죽이고 싶도록 미워하고 있다는 사실을 알고 있어서였다.

가문의 후계 위를 받기 위해 치열한 다툼을 하는 것은 안소니도 인정을 하고 있었지만 치졸한 방법을 사용하는 것은 절대 그냥 두고 보지 않았다.

그레이는 차갑게 말을 하는 안소니 공작을 보며 등골에 식은땀이 흘렀다.

하지만 여기서 약한 모습을 보여 줄 수는 없는 일이었다.

"걱정하지 마십시오. 제가 한 말에는 책임을 질 것입니다."

그레이의 당당한 태도에 안소니는 의외라는 표정이었다.

평소에 알고 있는 아들과는 아주 다른 모습을 보여 주고 있어서였다.

그레이는 평소 소심하고 질투심이 많은 그런 아들이었기에 안소니는 처음부터 후계자로 생각지를 않고 있었다.

다만 제일 부인이고 그 뒤에 버팔로 후작가가 있으니 후계자의 자리에 경쟁을 할 수 있는 자격을 주었었는데, 오늘은 아주 색다른 모습을 보여 주어 안소니 공작의 관심을 끌게 하였다.

'호오, 이제 조금 커서 그런가, 사내다운 구석을 보이기는 하네.'

하지만 안소니 공작의 관심은 거기서 끝이었다.

아무리 변한다고 해도 결국 천성적인 성격은 변하지 않

을 것이라는 생각을 가지고 있어서였다.

미첼 공작가의 힘은 가신들의 힘을 무시할 정도로 대단하였지만 그 가신들을 무시할 수는 없는 일이었다.

그들이 있어 제국에서 가장 강한 가문으로 남아 있기 때문이었다.

그런 가신들을 거느리려면 최대한 남들을 배려하는 마음이 있어야 하는데 그레이에게는 그런 자질이 없었기 때문이다.

하지만 그레이는 그런 아버지의 뜻을 오해하고 있었다.

'반드시 가문의 주인이 되고 말겠습니다. 아버지의 생각이 잘못되었다는 것을 보여 주고야 말겠습니다.'

그레이의 말대로 세실리아라는 아가씨를 조사하니 한동안 페리어와 다니는 것을 목격한 사람들이 제법 많았다.

하지만 세실리아는 페리어를 좋아하는 것이 아니라 그냥 친구로서 생각하고 있었다.

그런데 문제는 페리어가 비고를 털어 가기 전날 세실리아가 페리어에게 그만 헤어지자는 통보를 했다는 것이 문제였다.

그 이유가 차남이니 작위를 물려받을 수도 없을 것이고 그렇다고 재물이 많은 것도 아니라는 이유 때문이었다.

"정말로 여자 때문에 비고를 털었다는 것인가?"

"공작 전하, 아직 확실하다고 볼 수는 없지만 눈으로 보기에는 그런 것 같습니다. 마지막 만남에 헤어지자는 통보를 하였다는 것은 사실입니다."

"허어, 공작가의 차남이 되어 그런 소리를 듣고 그냥 왔다는 말이지."

안소니 공작의 눈에서는 차가운 기운이 감돌았다.

이는 적을 눈앞에 두고 있는 현상이었다.

테니 백작은 지금 아주 위험한 상황이라는 생각이 들자 바로 입을 열었다.

"하지만 조금 이해할 수 없는 부분이 있었습니다. 공작 전하."

"무슨 소리인가?"

"페리어 공자께서는 세실리아 양과 만남에서 헤어지자는 통보를 받기는 했지만 집으로 오셔서는 그리 침통한 얼굴이 아니었다는 것입니다. 물론 비고를 출입하실 때에도 같은 얼굴이었고 말입니다."

테니 백작이 하는 말을 듣고 있는 안소니는 무언가 이상한 감이 들었다.

"자네 말은 여기에 무슨 사연이 있다는 이야기인가?"

"그렇습니다. 무언가 우리가 모르는 일이 있을 것 같습니다. 공작 전하."

"음, 일단 페리어를 찾는 것이 우선이겠군. 기사들을

모두 풀었는가?"

"예, 제국의 모든 귀족들에게 협조를 당부하였으니 조만간에 연락이 올 것입니다."

카이라 제국은 귀족들 간에 상호 협조를 잘해 주고 있는 나라였다.

이는 상호 간에 필요한 일이 있을 때 도움을 주어 나중에 그만한 이득을 얻을 수가 있어서였다.

"최대한 빨리 찾아야 하네. 당장에 자금이 필요한 곳은 많은데, 이렇게 시간을 끌 수는 없으니 말이야."

안소니 공작의 말에 테니 백작은 빠르게 대답을 하였다.

"알겠습니다. 최선을 다해 수색을 하고 있으니 걱정하지 마십시오."

그러나 안소니 공작의 생각과는 다르게 페리어를 찾는 시간은 점점 길어졌고 반년이라는 시간이 지나도록 연락이 없었다.

미첼 공작가는 점점 자금의 어려움에 처해졌다.

제국의 공작가가 가지고 있는 부분은 생각보다는 많은 돈이 들어갔다.

상권을 가지고 있기는 했지만 바로 현금이 마련되는 것이 아니기에 시간이 필요했다.

미첼 공작가는 그런 내색은 하지 않지만 속으로부터 어

려운 사정이 나타나고 있는 중이었다.

"테니 백작. 도대체 페리어는 언제 찾는 것인가?"

"죄송합니다. 제국의 모든 지역을 찾고 있지만 아직 연락이 없습니다. 아마도 다른 나라로 가시지 않았나 생각이 듭니다."

"이런, 빌어먹을 놈이 아주 가문을 말아 먹을 놈이네."

안소니 공작도 처음에는 단순하게 여자 때문에 그런 일이 생겼다고 생각하였는데, 시간이 지나면서 다른 이유가 있다는 것을 어렴풋이 짐작했다.

하지만 아직 증거가 없으니 아무 말을 하지 못하고 있는 실정이었다.

"공작 전하, 지금 페리어 공자를 찾는 것보다 차라리 바이탈 왕국을 움직이는 것이 어떻습니까?"

"바이탈 왕국이라. 그렇지 바이탈 왕국에 레스트 공작이 있었지."

"그렇습니다. 그자를 이용하면 지금 부족한 자금은 충당하고도 남을 것입니다."

"그런데 그자가 원하는 헤이론 왕국과의 전쟁에 승산이 있다고 보는가?"

"지금의 전력이라면 충분합니다. 바이탈 왕국의 전력이 왕국 사상 가장 강하다는 소문이 있으니 말입니다."

안소니 공작은 테니 백작의 말에 조금 마음이 가고 있

었다.

당장에 자금은 필요하고 누구에게 빌리는 것은 자존심이 상하는 일이라 참고 있었는데 이제는 더 이상 시간이 촉박하였다.

더 이상 시간을 끌다가는 가문이 망하는 일이 발생할지도 모르기 때문이었다.

자금 때문에 당장 망하지는 않겠지만 그래도 주변의 귀족들의 눈치를 보지 않을 수는 없는 일이었다.

가장 강한 가문이 자금 때문에 눈치를 보는 일이 생기면 아마도 안소니 공작은 화가 나서 참을 수가 없을지도 몰랐다.

"자네가 은밀히 연락을 하여 본 공작이 지원을 해 준다고 하게. 그리고 그에게 충분한 자금을 받도록 하게."

"자금은 이미 가지고 있는 것 같았습니다. 다만 공작 전하의 지원이 필요하여 기다리고 있는 중입니다."

"그럼, 그렇게 처리를 하게. 혹시 기사단의 지원이 필요하다면, 그에 따른 보상은 철저히 받고 알겠나?"

"예, 전혀 문제가 없게 처리를 하겠습니다."

두 사람은 대화를 하면 손발이 척척 맞는 것이 보통이 아니었다.

테니 백작은 공작의 허락을 받자 빠르게 움직였다.

제국의 공작이 직접 지원을 해 준다는 것은 충분히 힘

을 실어 주는 일이었다.

가장 중요한 것은 바이탈 왕국의 국정이 레스트 공작이 의도대로 움직일 수 있다는 것이었다.

그러니 헤이론 왕국을 도모하려고 마음을 먹고 있는 것이고 말이다.

"이번에는 제법 많은 자금을 얻을 수 있을 것 같으니 확실하게 밀어줘야겠군."

테니 백작은 공작의 허락을 얻었으니 바이탈 왕국의 문제를 확실히 처리하려는 마음이었다.

카이라 제국은 침공은 하지 않고 있지만 그 야망을 버린 것은 아니었다.

다만 아직 대륙의 모든 나라가 자신들의 제국을 경계하고 있으니 조심하고 있을 뿐이었다.

잠자는 사자는 그냥 가만히 있으려고 하지만 주변의 사정이 그런 사자를 건들이고 있으니 앞으로의 대륙에 어떤 변화를 가지고 올지는 아직 아무도 모르는 일이었다.

바이탈 왕국의 레스트 공작이 있는 저택에는 지금 많은 귀족들이 모여 회의를 하고 있었다.

"공작 전하, 카이라 제국의 미첼 공작가가 지원을 한다면 충분히 승산이 있는 전쟁입니다."

"아니, 우리 왕국의 힘으로도 이길 수 있는 전쟁입니다."

바이탈 왕국의 귀족들은 거의가 지금 레스트 공작을 지지하고 있는 입장이었다.

왕국에서 가장 거대한 힘을 가지고 있는 귀족이 바로 레스트 공작이었기 때문이다.

"미첼 공작가에서 연락이 오기를 확실히 지원을 약속하였지만 공작가의 힘에 의존하게 되면 아마도 헤이론 왕국을 점령해도 우리가 얻는 것은 그리 많지가 않을 것이라는 생각이오. 그래서 이번에 미첼 공작가의 지원을 받지 않고 우리 왕국의 힘만으로 전쟁을 시작하려는데 어떠시오?"

레스트 공작의 말에 귀족들은 눈빛이 달라지고 있었다.

지금 바이탈 왕국의 힘은 전성기라고 할 수 있을 정도로 최강의 전력을 보유하고 있었다.

일개 왕국에서 마스터가 두 명이나 탄생하였기 때문이다.

아무도 모르게 비밀리에 마스터를 만들었기 때문에 대륙에 소문이 나지는 않았지만, 레스트 공작은 오랜 시간 공을 들여 마스터를 만들려고 많은 기사들에게 지원을 하고 있었다.

그 덕분에 지금 마스터가 된 기사가 둘이나 되었고, 이는 레스트 공작의 야망을 달성하기 위해 아주 좋은 일이었다.

"공작 전하, 우리 왕국의 힘은 지금 최고의 힘을 자랑하고 있습니다. 헤이론 왕국 정도는 충분히 도모를 할 수 있다고 생각합니다."

"그렇습니다. 기사들의 전력으로 보아도 충분한 전력입니다."

귀족들은 모두가 찬성을 하고 있었다.

이들은 지금 몸이 달아 있는 사람들 같았다.

전쟁이 목적은 아니지만 새로운 영토가 생기는 일이니 이렇게 적극적으로 대처하고 있었다.

바이탈 왕국에서 레스트 공작의 눈 밖에 나면 아마도 살아남을 귀족은 아무도 없을 것이다.

그만큼 레스트 공작의 권위는 무소불위의 힘을 자랑하고 있었다.

국왕도 그런 공작을 두려워하고 있으니 말이다.

레스트 공작의 오른팔이라고 할 수 있는 레이몬드 백작은 귀족들이 너무 쉽게 전쟁을 생각하고 있는 것 같아 조금은 진정을 시킬 필요가 있다고 보았다.

"공작 전하, 저희 왕국에서 단독으로 헤이론 왕국과 전쟁을 시작하면 카이라 제국에서 가만히 있겠습니까?"

"미첼 공작가의 지원을 거절하게 되면 아마도 많은 자

금을 주어야겠지만 나는 그렇게 해서도 우리 왕국의 힘만으로 전쟁을 하였으면 하오."

레스트 공작도 야망을 가지고 있었다.

바이탈 왕국의 국왕은 되지 못하겠지만, 헤이론 왕국의 국왕은 되고 싶어서였다.

레스트 공작은 국왕과 이복형제의 관계를 가지고 있어서 왕국의 국왕이 되는 것은 이미 포기를 하고 있었다.

이는 선대 국왕이 레스트 공작의 야망을 알고 지금의 국왕과 관계를 확실히 정리를 해 주어서였다.

자신의 이름을 걸고 한 약속이라 반역을 하고 싶어도 할 수 없는 입장이었기에, 이렇게 다른 방법을 찾은 것이 바로 헤이론 왕국을 점령하여 직접 나라를 세우려고 하였다.

"공작 전하, 미첼 공작가에 많은 자금이 나가게 되면 전쟁을 하는 자금이 부족하지 않겠는지요?"

"자금은 이미 충분히 모아 두었소. 다만 혼자 충당하려면 시일이 걸리니 전쟁에 참전을 하려는 귀족들에게 어느 정도는 거두어야 하지 않겠소."

레스트 공작도 전쟁에 필요한 자금을 사실 모아 두었지만 카이라 제국의 미첼 공작가에 들어가는 돈이 장난이 아니게 많아 당장 전쟁을 하기에는 문제가 있었다.

그렇지만 자신을 따르는 귀족들도 풍부한 자금력을 가지고 있으니 전쟁을 하는 것에는 문제가 없다고 보았다.

각 귀족들의 자본력에 대해서는 어느 정도 조사를 마쳤기 때문에 가질 수 있는 계획이었다.

“알겠습니다. 그러면 귀족들에게 연락을 하여 자본을 준비하고 전쟁에 필요한 군량과 무기를 서서히 준비를 해야겠습니다.”

“군량은 이미 준비를 하였소. 필요한 것은 무기만 준비를 하면 될 것이오.”

레스트 공작은 각 영지에 이미 많은 군량을 준비시켜 놓고 있었다.

헤이론 왕국을 도모하기 위해 오랜 시간을 준비하였기 때문에 군량이 부족할 일은 없었다.

레이몬드 백작은 자신의 발언으로 잠시 열기가 식자 조용한 목소리로 귀족들을 보고 말을 하였다.

“모두 전쟁을 위해 자금이 필요하다는 이야기는 들었을 것이오. 해서 내일부터는 각자 알아서 자금을 준비해 주시오. 전쟁에 필요한 무기도 준비해야 하니 말이오.”

전쟁은 그냥 하는 것이 아니기에 이들도 인정을 하고 있었다.

한 개의 왕국을 점령하는 문제였고 그 왕국이 그래도

대륙에서 제법 부유한 왕국이니 점령을 하면 자신들에게 돌아오는 재물은 상상도 하지 못할 정도로 엄청날 것이라 스스로도 마음이 급해졌다.

"우리는 당장이라도 자금을 모을 수 있으니 걱정하지 마시오."

"그렇습니다. 이미 어느 정도는 자금이 준비되어 있으니 바로 지시를 하면 됩니다."

귀족들은 전쟁에 자신감을 가지고 있었다.

바이탈 왕국의 이런 사정을 모르고 있는 헤이론 왕국은 오늘도 평화롭게 지내고 있었다.

다만 브레인이 있는 저택은 조금 다른 분위기였다.

브레인이 초반부터 강조를 한 것이 바로 정보를 모으는 집단이었고 도적 길드의 도움을 받아 왕국의 정보를 어느 정도 얻을 수 있었지만 이들도 타국에 대해서는 아직 정보력이 떨어졌다.

그래서 브레인은 각국에 정보를 모을 수 있도록 많은 자금을 투자하고 있었다.

그렇게 투자를 하여 만들은 정보처에서 이상한 정보가 들어왔다.

"공작 전하, 바이탈 왕국의 움직임이 마치 전쟁을 준비하고 있는 것 같다고 합니다."

"바이탈 왕국이라면 왕국과 국경을 마주하고 있는 왕국이 아니오?"

"그렇습니다. 아마도 바이탈 왕국의 실질적인 권력을 쥐고 있는 레스트 공작이 전쟁을 원하고 있는 것 같습니다."

브레인은 정보를 들으면서 고민이 되었다.

헤이론 왕국은 자신의 거점이기는 했지만 전쟁에 자신이 직접적인 도움을 주어야 하는지에 대해서였다.

얼마 전에도 국왕에게 불려가 기사단을 만드는 것에 대한 추궁을 들었기 때문에 그리 기분이 좋지 않아서였다.

"바이탈 왕국의 공작이 왜 전쟁을 하려고 한다고 보시오?"

"그는 국왕과 형제지만 선대 국왕이 그의 야망이 커서 이름을 걸고 국왕의 자리를 노리지 않겠다고 맹세를 하라 하여 지금 국왕이 되지 않고 있을 뿐이지, 거의 국왕과 같은 위치에 있는 사람입니다. 그런 레스트 공작이 자신의 야망을 접고 왕국에 그대로 있을 리가 없습니다."

브레인은 정보를 들으며 많은 생각이 들었다.

헤이론 왕국이 전쟁을 하면 과연 승산이 있는지에 대해 생각해 보았지만, 헤이론 왕국도 그리 쉽게 지지는 않을 것이라고 생각이 되었다.

헤이론 왕국도 나라를 부강하게 하기 위해 그동안 많은 전력을 키웠기 때문에 전쟁을 시작해도 바로 무너지지는 않을 것이라는 것이 브레인의 판단이었다.

"아직 왕국에서는 정보를 알고 있는 사람이 없소?"

"예, 왕국에서는 정보에 대해 아직 깊이 생각하는 귀족이 없습니다."

"흠, 이 정보를 국왕에게 알려 주면 우리에게는 이득이 있겠소?"

브레인은 이득을 따지고 있었지만 사실은 헤이론 왕국이 망하지 않았으면 하는 마음이었다.

기반을 닦기는 했지만 아직도 부족한 것이 많다고 생각하고 있는데 벌써 왕국이 흔들리면 자신의 힘이 들 것에 염려가 되었다.

"공작 전하, 왕국에 정보를 주어도 저들은 믿지 않을 것입니다. 그동안 평화가 오래 지속되어 전쟁이라는 것을 믿을 수가 없어서입니다."

정보를 수집하고 판단하고 있는 도둑 길드의 길드장의 말을 듣고 보니 충분히 타당성이 있는 말이라는 생각이 들었다.

"아무것도 모르고 있다가 전쟁이 시작되면 헤이론 왕국이 크게 당하게 될 텐데, 그래도 두고 보아야 하오?"

"공작 전하께서 도움을 주시고 싶으시면 국왕을 설득할 것이 아니라 귀족들을 설득하시는 것이 빠를 것입니다. 특히 국방을 책임지고 있는 바빌론 후작을 설득하시면 헤이론 왕국의 피해를 줄일 수 있을 것입니다."

"바빌론 후작이라……."

브레인도 바빌론 후작에 대해 어느 정도는 알고 있었다.

평소에는 과묵한 성격이지만 한 번 화를 내면 아무도 말리지 못하는 열혈의 성격을 가진 귀족이었다.

그리고 전략적으로 뛰어난 식견을 가지고 있는 귀족이라 평소에도 국방에 대해서 많은 신경을 쓰고 있는 귀족이었다.

"바빌론 후작만이 국왕을 설득하여 전쟁에 대비를 하게 만들 수 있는 사람입니다."

바빌론은 국왕의 사람이었고, 그 충성이 깊어 국왕도 신임하는 귀족이었다.

브레인은 어찌할 것인지에 대해 깊은 고민을 하였다.

바이탈 왕국이 전쟁을 시작하려는 의도는 충분히 이해가 갔지만 아직은 자신에게 시간이 필요하다고 보았는데 갑자기 전쟁을 하려고 한다는 보고가 머리를 아프게 했다.

자신은 헤이론 왕국에서 힘을 키워 제국으로 가려는 마

음이었는데, 전쟁이 시작되면 그리하지도 못하게 될 것이라는 생각이 들자 바이탈 왕국이 마음에 들지 않는 브레인이었다.

"바이탈 왕국을 이번 전쟁에 확실히 작살을 내 버리면 어떨까?"

전쟁에서 승리를 하면 그 영토는 참전을 한 귀족이 가장 먼저 가질 수 있는 우선권이 주어진다는 사실에 브레인은 고민을 하게 만들었다.

영토를 가지고 있으면 이는 공식적인 헤이론 왕국의 귀족이 될 수도 있지만 무엇보다도 안정적으로 힘을 키울 수 있다는 매력이 있었다.

도둑 길드의 마스터는 브레인의 혼자 하는 말을 들었지만 일개 개인이 저런 소리를 할 수 없다고 생각하고 말았다.

'미친놈 전쟁이 무슨 애들 장난인지 아냐.'

도둑 길드는 브레인이 살아 있는 동안 정보를 주기로 약속하였기에 브레인도 그에 따른 이들의 수배를 풀어 주었다.

수배를 풀기 위해 많은 자금이 국왕에게 들었지만 그 이상으로 정보를 얻고 있는 브레인이었다.

도둑 길드도 브레인이 자신들의 수배를 풀어 준 것을 알고 있기에 최대한 많은 정보를 브레인에게 주고 있었다.

브레인이 이렇게 자신하는 이유는 바로 마스터의 존재가 있기 때문이었다.

전장에서 마스터의 위용은 엄청난 파장을 조성한다는 것을 알고 있기에 자신이 있었다.

'친구들이 이제는 확실히 마스터가 되었을 것이니, 이번 전쟁에 이들을 참전시키면 왕국에서 나의 입장이 엄청 좋아질 것인데 말이야.'

브레인은 친구들이 자신을 찾아오자 바로 이들을 지하의 수련장으로 데리고 갔다.

자신이 마나석을 이용하여 마스터가 되었기에 이들도 충분히 마스터가 될 수 있다고 생각해서였다.

친구들은 브레인이 완전한 믿음을 줄 수 있는 존재들이었기에 이런 결정을 내릴 수가 있었다.

"너희들도 알겠지만 나는 마스터의 경지에 도달했다. 그런데 마스터가 되는 방법이 나에게는 있는데 너희들이 목숨을 건다고 하면 너희들에게 기회를 주고 싶다. 어떻게 하겠냐?"

브레인이 지하로 오자 바로 마스터의 경지에 도달할 수 있는 방법이 있다고 하며 기회를 준다고 하니 모두 어떨떨한 기분이었다."

"아니, 브레인 공작 전하. 우리에게 마스터가 되라고 하시는 말입니까?"

"우리끼리 있을 때는 그냥 편하게 말하자. 너희들은 나에게는 유일한 친구들이잖아."

브레인의 말에 친구들은 모두 감격한 얼굴을 하였다.

공작이라는 신분은 이들이 평생을 살아도 만나 볼 수 없을 정도로 높은 신분인데, 자신들에게는 전과 같이 대하려는 마음을 가지고 있다는 것이 고마웠다.

엔더슨은 그런 브레인을 보며 친구들을 대표해서 입을 열었다.

"브레인. 우리를 그렇게 생각해 주니 정말 고마워. 우리끼리 있을 때도 앞으로는 조심을 하는 것이 좋을 것 같아, 그래야 혹시라도 실수를 하는 경우가 없을 테니 말이야."

"그래, 우리는 브레인에게 가문의 기사가 되기로 약속했으니 당연히 이제부터는 주군으로 모셔야지. 나는 찬성이야."

알렉스는 바로 찬성을 하였다.

"나도 찬성이야. 브레인은 어차피 우리들의 대장이었으니 주군으로 모시는 것도 나쁘지 않지."

친구들이 모두 브레인을 주군으로 모시는 것에 찬성을 하자 브레인은 이들의 행동에 아주 기분이 좋아졌다.

"그래, 너희들이 그렇게 생각해 준다니 고마워. 하지만 오늘은 그냥 친구로 대화를 나누도록 하자. 너희에게도 중요한 일이니 말이야."

"그래, 알았어. 오늘이 마지막이라고 생각하고 편하게 대할게."

"나도. 나도."

브레인은 친구들이 아직도 순진하다는 생각이 들었다.

브레인의 친구들이 순진한 것이 아니라 브레인을 대하는 것만큼은 이들이 마음에 있는 그대로 행동을 하고 있어서였다.

그만큼 브레인을 이들이 의지하고 믿고 있다는 이야기였다.

처음부터 브레인에게 검술과 마나 호흡법을 배우면서 한 약속이 이들에게는 평생 잊을 수 없는 일이었다.

기사가 되는 것이 꿈이었는데 그 기사가 되는 길을 브레인이 열어 주었으니 이들에게는 평생의 은인이 바로 브레인이었다.

"내가 마스터의 경지에 오르게 된 것에는 방법이 있었는데 바로 마나석의 마나를 흡수하여 마스터의 경지에 도달할 수 있었어. 그러니 너희들도 마나석의 마나를 흡수할 수만 있다면 나처럼 마스터의 경지에 오를 수 있을 것이라고 믿어. 어떻게 해 보겠니?"

"나는 브레인의 말이라면 무조건 믿을 수 있으니 바로 시작하고 싶어."

"그래, 마스터의 경지에 도달하는 것이니 목숨을 거는 거야 당연한 것이겠지."

"우리도 해 보자. 죽는 것이 무섭기는 하지만 그래도 마스터잖아."

친구들은 그렇게 모두 찬성을 하고 마나석의 기운을 흡수하기로 하였다.

브레인은 마나석의 기운을 친구들이 흡수할 수 있도록 많은 준비를 해 주었다.

"다섯 명이 동시에 시작할 테니 모두 준비하도록 해."

"알았어."

"고마워, 내가 마스터가 되면 이 은혜는 잊지 않을게 브레인."

친구들은 죽을지도 모르는 일인데도 고마움을 표시하며 브레인이 준비한 곳으로 갔다.

일체의 두려움이 없이 가는 이들의 모습에 브레인은 마음속으로 감동을 하고 있었다.

'고맙다. 나의 친구들아. 너희들이 원하는 것이 있다면 꼭 해 주도록 하마. 부디 모두 성공하기를 바란다.'

브레인은 자신도 힘들게 마스터가 되었다는 것을 생각하고 이들이 얼마나 고생할지를 생각하니 마음이 무거웠다.

친구들이 고통스러워하는 모습을 보고 있을 자신이 없

는 브레인은 자리를 비켜 주었다.

일주일이라는 시간이 지나자 결과가 나왔다.

그런데 브레인의 예상과는 다르게 모두가 마나석의 기운을 흡수한 것은 아니었다.

우선 엔더슨은 마나석의 기운을 흡수는 하였지만 검사의 마나가 아닌 마법사의 서클을 만들었고, 피터는 마나를 흡수하기는 했지만 절반의 마나만 흡수해 결국 최상급 익스퍼트의 경지에서 멈추었다.

나머지 세 명은 마스터의 경지에 도달하기는 했지만, 처음에 자신이 그런 것처럼 반쪽짜리 마스터였다.

그래도 마스터라는 것은 변함이 없는 사실이었기에 브레인은 모두에게 축하를 해 주었다.

"축하한다. 엔더슨과 피터도 아직 기회가 되지 않아 그런 것이니 나중에 기회가 되면 다시 도전을 해 보자."

"미안해. 브레인."

"고마워."

서로가 상반되는 대답이었지만 브레인은 정말 기뻤다.

이제 마스터가 자신에게는 모두 네 명이 있다고 생각하니 마음이 든든했다.

약간의 시간만 있으면 이들도 충분히 진정한 마스터가 될 것이라고 믿고 있었다.

실지로 이들의 실력은 최상급의 바로 밑이었고 상급보다는 상한 실력을 가지고 있었는데, 이번에 마스터의 경지에 오르면서 약간의 깨달음을 얻어 충분히 마스터라 칭해도 부족함이 없었다.

브레인이 알려 준 검술이 그만큼 좋은 검술이었기 때문이었다.

"모두 지금의 경지에 오르느라 수고하였지만 지금은 경지에 오른 몸에 익숙해지기 위해서 쉴 수가 없으니 수련을 하며 몸에 익숙해지도록 해."

"알았어, 브레인."

친구들은 브레인의 말에 바로 수련을 시작하였다.

자신들도 마스터의 경지에 오르기는 했지만 아직 몸이 익숙하지 않다는 것을 알고 있었다.

몸에 익숙해지기 위해서는 오로지 수련밖에는 없다는 것을 알고 있기에 바로 수련을 시작했다.

친구들 중에 엔더슨만 수련을 하지 않고 브레인을 보았다.

"엔더슨 나에게 할 말이 있니?"

"나는 마나석을 흡수하면서 기사의 마나가 아닌 마법사의 서클이 만들어졌어. 그래서 말인데 나에게 마법사를 소개해 주든지 아니면 마법서를 구해 줄 수는 없을까?"

엔더슨은 그동안 고민을 하고 있었던 문제를 브레인에게 모두 이야기를 하였다.

친구들과 함께 수련을 할 때도 이와 같은 현상이 일어나 사실 혼자 고민을 많이 하였다는 말을 모두 하였다.

브레인은 엔더슨이 마법에 그렇게 재능이 있는지는 이번에 처음 알았다.

그리고 자신에게는 고대 마법사의 마법서가 그대로 있기 때문에 엔더슨이 원하는 마법을 충분히 배울 수 있게 해 줄 수가 있었다.

"미리 말을 하지 그랬니. 너에게는 마법서를 구해 줄게."

"정말이야? 정말로 마법서를 구해 줄 수 있어?"

엔더슨은 믿어지지 않는다는 표정을 지으며 되물었다.

"그래, 내가 가지고 있는 마법서가 있으니 너에게 모두 줄게. 그걸 익혀. 하지만 스승도 없이 혼자 익히려면 쉬운 일이 아닐 거야. 그리고 우리 가문에도 마법사가 생기는 일이니 좋은 일이잖아."

엔더슨은 브레인의 말에 흥분이 가시지 않는 얼굴을 하고 있었다.

그토록 소망하던 마법사가 되는 길이 생겼으니 마음이 진정이 되지 않았다.

"브레인, 내가 만약에 마법사가 되면 평생을 너에게 충성을 할게. 이는 마나의 이름을 걸고 하는 맹세야."

엔더슨은 브레인에게 마법사의 맹세를 하였다.

엔더슨이 마법사의 맹세를 어떻게 알았는지는 모르지만 브레인은 그런 엔더슨을 보며 밝게 웃어 주었다.

모든 친구들이 그렇게 열심히 수련을 하게 되어 더 이상 브레인의 도움이 필요하지는 않았다.

대륙에서 알려지지 않은 마스터와 대마법사가 이렇게 탄생하고 있었다.

5.

바이탈 왕국의 선전 포고

브레인은 헤이론 왕국의 바빌론 후작에게 바이탈 왕국이 전쟁을 준비한다는 정보를 알려 주었다.

"얀슨 남작. 바이탈 왕국이 전쟁을 준비하고 있다는 정보가 확실하면 우리도 급히 방어를 해야 하니 이번 일은 극비리에 조사를 해야 하네."

"걱정하지 마십시오. 후작 각하."

바빌론 후작은 그런 정보를 받고는 나름대로 정보에 대한 조사를 시키고 있었다.

비록 브레인이 왕국에 소속이 되지는 않았지만 그래도 왕국의 위험에 빠지는 것을 알려 준 일이었기에 속으로는 고마운 마음을 가지고 있었다.

'만약에 그대가 준 정보가 사실이라면 내가 공작의 고마움을 잊지 않을 것이오. 브레인 공작.'

바빌론 후작은 공과 사를 구분하는 인물이었다.

나라의 국방을 책임지고 있는 인물이니 그만큼 책임감도 강한 사람이었다.

바빌론 후작의 세작들이 바이탈 왕국으로 가서 보내오는 소식에는 전쟁을 준비하고 있다는 것이 확실하다는 보고였다.

바빌론 후작은 이 사실을 최대한 빨리 국왕에게 보고를 하기 위해 왕궁으로 들어갔다.

"폐하, 바이탈 왕국이 우리 왕국을 침공하기 위해 전쟁을 준비하고 있다는 정보를 얻어 사실을 확인해 보니 모두가 사실이었습니다."

꽝!

"감히 바이탈 왕국이 우리 왕국과 전쟁을 하려고 한다는 말이오?"

"예, 이미 무기를 수입하고 거의 준비를 마치고 있다는 보고였습니다."

"네 이놈들을 우리 왕국이 무엇을 잘못하였기에 전쟁을 한다는 말인가. 바빌론 후작은 지금 당장 국경에 군대를 배치하여 만전을 기하고 당장 모든 귀족들을 모이라고 하시오. 이는 국가 비상령으로 소집하는 것이오."

국왕의 국가 비상령이 내려졌으니 왕국 내의 모든 귀족들이 수도로 집합을 해야 했다.

귀족들에게는 국가가 위험할 때는 군사와 군량을 국가에 바칠 의무가 있었다.

"알겠습니다. 국왕 폐하."

바빌론 후작은 급히 나갔다.

시간이 없다고 생각이 들어서였다.

바이탈 왕국은 이미 전쟁을 준비하고 있어 시간이 일주일 정도밖에는 없어서였다.

브레인에게도 왕국의 소집령은 전해졌다.

이는 왕국 내의 모든 귀족들이 대상이었기에 어쩔 수 없는 일이었다.

"공작 전하, 왕국에서 비상 소집령이 왔다고 합니다."

"안으로 들어오게."

소집령은 사람이 오는 것이 아니라 통신이 오는 것이었다.

왕궁에서는 비상시에 사용하기 쉽게 모든 통신을 열어 한 번에 보내는 방법이었다.

브레인은 통신의 내용을 확인하고는 입가에 미소를 지었다.

"하하하, 이제 발등에 불이 떨어지니 급하기는 급했나 보구나."

자신이 정보를 줄 때는 마냥 한가한 모습을 보여 주어 기분이 나빴는데, 이제는 똥줄이 타는지 급하게 움직이는 것이 웃겼다.

"공작 전하, 소집령이 내려졌으니 일단 왕궁으로 가셔야 하지 않겠습니까?"

"가야지 당연히 가야 하지. 서둘러 준비를 하라 하게."

"예, 공작 전하."

집사는 브레인의 말에 바로 대답을 하였다.

브레인이 왕궁으로 가기 위해 제일 기사단이 준비를 하고 있었다.

기사단장에는 제이슨 경이 선출되어 있었다.

마차를 호위하기 위해 기사들과 함께 주변을 통제하고 있었다.

브레인이 나오는 것을 확인한 제이슨은 바로 인사를 하였다.

"공작 전하, 마차에 오르십시오."

"알겠네. 제이슨 단장."

브레인은 제이슨이 단장에 오르면서 자신에게 말 놓을 것을 원해서 그 뒤로는 브레인도 말을 놓고 있었다.

두두두.

마차는 왕궁을 향해 달려갔다.

왕궁의 정문에는 많은 마차들이 줄을 서서 대기를 할 정도로 모여 있었다.

갑자기 내린 소집령에 귀족들은 약간의 긴장을 하고 있는 모습이었다.

브레인의 마차는 왕국의 공작이기에 다른 마차와는 다르게 바로 정문으로 가고 있었다.

공작은 귀족들 중에 가장 높은 작위이기도 했지만 비상시에는 군사를 통솔하는 위치였기에 비상시에는 언제든지 바로 입궁을 할 수가 있었다.

"브레인 공작 전하의 마차이니 길을 열어 주시오."

제이슨도 기사단장이 되면서 자작의 작위를 받았기에 성문을 지키는 기사들에게 반평대를 하고 있었다.

예전에는 감히 그럴 수도 없는 입장이었는데 말이다.

"열어 드려라."

정문의 기사들은 브레인의 마차가 오자 바로 길을 열어 주었다.

왕국의 명예 공작이기는 하지만 분명히 공작의 작위를 가지고 있는 신분이었기에 길을 열어 주었다.

마차는 안으로 유유히 들어갔고 아직도 정문의 검문에 줄을 서서 기다리고 있는 귀족들 중에는 브레인을 부러운 눈으로 보는 눈길들이 제법 있었다.

왕궁의 비상 회의실에는 아직 귀족들이 모이지 않았는

지 그리 많은 인원이 없어 보였다.

브레인이 회의실로 들어오자 바빌론 후작이 가장 먼저 인사를 하였다.

"어서 오십시오. 공작 전하."

바빌론 후작의 인사에 귀족들도 정중하게 인사를 하였다.

"브레인 공작 전하께 인사드립니다."

"어서 오십시오, 공작 전하."

이들은 전쟁이 시작되었으니 더욱 브레인에게 친절하게 대하고 있었다.

브레인은 이들도 알고 있다시피 마스터의 경지에 도달한 인물이니 이들이 친절하게 하지 않을 이유가 없었다.

마스터라면 아마도 사령관의 자리는 따 놓은 자리였고, 그에게 잘못 보여서 좋을 것이 없었으니 말이다.

"모두 반갑소."

브레인은 가볍게 인사를 받아 주었다.

바빌론 후작은 이번에 받은 정보 중에 가장 중요한 것이 있었는데 바로 적군에 마스터가 있을 것 같다는 보고를 받았기 때문에 브레인을 보고 최대한 정중하게 대하고 있었다.

이들도 알고 있지만 마스터는 오로지 마스터만이 상대

를 할 수 있었기 때문이다.

"공작 전하, 잠시 저와 대화를 나눌 수 있으신지요?"

"하하하, 후작이 그렇게 부탁을 하는데 당연히 들어 드려야지요. 갑시다."

귀족들은 개인적으로 대화를 나누기 위해 마련되어 있는 작은 방으로 두 사람은 들어갔다.

바빌론 후작이 들어간 방에는 국왕이 이미 와서 기다리고 있었다.

브레인은 갑자기 대화를 하자고 해 놓고는 국왕이 기다리고 있자 약간은 어리둥절한 표정이었다.

"국왕 폐하께 인사드립니다. 그런데 국왕 폐하께서 여기는 어쩐 일이십니까?"

"제가 말씀드리겠습니다, 공작 전하."

바빌론 후작은 국왕이 입을 열기 전에 먼저 나섰다.

이번 전쟁의 승패는 브레인이 참전을 할 수 있는지 없는지에 따라 승패가 갈릴 수도 있는 중요한 일이었다.

브레인은 고개를 돌려 뒤에 있는 바빌론 후작을 보았다.

"무슨 말을 하려는 것이오?"

"저희가 알아본 바에 의하면, 바이탈 왕국의 마스터가 이번 전쟁에 참전을 한다고 합니다. 그래서 공작 전하께서 이번 전쟁에 참전을 해 주시기를 부탁드리려고 합니다.”

“마스터가 이번 전쟁에 참전을 한다고요?”

브레인도 마스터가 참전을 한다는 말에 놀라고 말았다.

“예, 극비로 취급되는 정보였지만 많은 자금을 들여 알아 온 확실한 정보입니다.”

“브레인 공작도 마스터이니 이번 전쟁에 참전을 하여 상대국의 마스터를 물리쳐 주시기를 바라오.”

국왕도 바빌론 후작과 같이 부탁을 하고 있었다.

헤이론 왕국에는 아직 마스터가 없었기 때문에 상대국에서 마스터가 참전을 하게 되면 이는 사실 승부가 났다고 보아야 했다.

브레인은 바이탈 왕국에 마스터가 있다는 말에 긴장을 하며 국왕과 바빌론 후작을 보았다.

“제가 전쟁에 참전을 하게 되면 얻는 것은 무엇입니까? 국왕 폐하.”

브레인의 입장에서는 당연한 질문이었다.

바빌론 후작과 국왕은 브레인의 말에 눈빛을 빛내고 있었다.

무언가를 주면 허락을 받을 수 있을 것 같아서였다.

이들도 브레인을 참전시키기 위해서는 무언가를 주어야 한다고 생각하고 이미 준비를 하고 말을 꺼낸 것이기에 바로 대답을 하였다.

"공작 전하께서 전쟁에 참전을 하시어 승리를 하시면 바이탈 왕국에서 얻는 땅 중에 절반에 해당하는 영지를 드리겠습니다. 그리고 그 땅에 한해서는 공국으로 인정을 해 드리겠습니다. 이는 왕실에서 약속을 하는 것이며 문서도 마련해 드리겠습니다."

브레인은 바빌론 후작의 말에 사실 속으로 엄청 놀라고 있었다.

공국이라는 말은 실질적으로 독립이 된 나라를 만들어 주겠다는 말이었다.

대륙에는 세 개의 공국이 있었고 이들도 실질적으로 누구도 간섭을 하지 못하는 그들만의 나라였다.

"음, 전쟁에 참전을 하는 것으로 상당히 좋은 조건이오. 지금 바로 답을 드리지는 못하지만 내일까지는 답변을 드리도록 하겠소."

"알겠습니다. 그러면 좋은 소식이 있기를 바라고 있겠습니다. 공작 전하."

"브레인 공작 비록 왕국의 명예 공작이기는 하지만 그대도 이 왕국의 공작이라는 것을 명심하기 바라오."

국왕은 침중한 표정을 지으며 말을 하였다.

"국왕 폐하, 저도 헤이론 왕국의 공작이라는 사실을 잊지는 않고 있습니다."

브레인이 대답에 국왕의 얼굴이 조금은 폈다.

브레인은 국왕과 이야기를 마치고 바로 나갔다.

오늘 자신이 이곳에 온 이유는 소집령에 의해 왔지만 실지로는 바로 이 이야기를 하기 위해 왔다는 것을 느끼고 있었다.

많은 귀족들이 모여 시끄럽게 하였지만 지금 브레인은 아무 소리도 들리지 않고 혼자만의 사색에 잠겨 있었다.

'바이탈 왕국에서는 어떻게 마스터가 전쟁에 참전을 할 수 있게 되었을까? 혹시 제국에서 도움을 받은 것이 아닐까?'

바이탈 왕국이 전쟁을 하려면 카이라 제국이 가만히 있지 않을 것이라는 생각이 들자 브레인은 이 부분에 대해서 충분히 조사를 해 보아야겠다고 생각이 들었다.

마스터라는 존재는 그만큼 대단한 존재였고 아무나 마스터가 되는 그런 경지가 아니었기 때문이다.

무언가 비밀이 있다고 생각한 브레인은 빠르게 머리를 굴리고 있었다.

"일단 제국의 개입에 대해 먼저 알아보고 마스터가 누구인지를 알아보아야겠다."

브레인은 그렇게 결정을 내리고 조금은 느긋하게 구경을 하고 있었다.

"국왕 폐하 납시오……."

시종장의 커다란 외침에 귀족들은 순식간에 자리를 정리하고 예를 표하고 있었다.

국왕은 귀족들을 둘러보고는 이내 자신의 자리로 갔다.

"모두 들으시오. 긴급하게 소집령을 내린 이유는 바로 바이탈 왕국이 우리 왕국을 침공하기 위해 전쟁을 준비하고 있다는 정보를 얻었기 때문이오."

국왕의 외침에 귀족들은 순식간에 수라장이 되고 말았다.

시끌벅적.

아수라장이 되어 버린 장내를 보고 있던 바빌론 후작은 커다란 소리를 질렀다.

"모두 진정하시오. 이 자리에는 국왕 폐하께서 계시는 자리이오."

바빌론 후작의 말은 확실히 효과가 있었는지 술렁이던 귀족들이 조금씩 진정을 하기 시작했다.

국왕은 귀족들이 조금 진정이 되는 것을 보고 자신의 말을 이어갔다.

"바이탈 왕국의 실질적인 권력을 쥐고 있는 레스트 공작이 이번 전쟁을 하기 위해 귀족들을 설득하였다고 하오. 그리고 가장 중요한 것은 전쟁을 준비하고 이제 일주일 후에는 진군을 한다는 것이오."

국왕의 말은 확실히 이제 전쟁이 일어난다는 말이었다.

귀족들은 갑자기 전쟁이 발생한다는 말에 기겁을 하는 얼굴들이었다.

이들은 아직 전쟁이라는 것이 무엇인지를 모르고 살아온 사람이었기 때문에 전쟁에 대한 진정한 공포를 모르고 있었다.

단지 들은 이야기는 있으니 그냥 전쟁에 대한 두려움에 빠지게 되었다.

"국왕 폐하, 우리 헤이론의 군사력도 절대 바이탈 왕국에 지지지 않을 정도는 된다고 봅니다. 그러니 서둘러 준비를 하면 충분히 감당할 수 있을 것입니다."

"그렇소. 우리 왕국의 전력이 결코 바이탈 왕국의 전력과 비교를 해도 지지 않을 정도는 된다고 생각하오. 문제는 이번 전쟁에 바이탈 왕국은 전력을 기한다는 것이오. 그들의 전력으로 공격을 하는 동안 우리도 전력을 모아야 하는데 문제는 시간이 부족하다는 것이오."

국왕의 설명을 듣고 있던 귀족들도 이해가 갔는지 고개를 끄덕였다.

"폐하, 우선 수도의 병력과 가까운 영지에서 병력을 차출하여 국경성에 보내어 방어를 하게하고 그 시간에 다른 곳의 병력을 수도로 집결하게 하는 것이 가장 좋은 방법 같습니다."

"그렇습니다. 다른 국경에 있는 병력을 우선 바이탈 왕국이 있는 국경으로 불러와야 하옵니다."

"그렇게 하면 다른 왕국들이 가만히 있겠소?"

"폐하, 지금 대륙에는 오랜 시간 평화롭게 살아왔기 때문에 전쟁을 원하는 귀족은 없을 것이옵니다. 그러니 다른 왕국에는 사절단을 보내 바이탈 왕국의 무도함을 고하고 그들의 협력을 받아 병력을 빼와야 합니다."

국왕도 사절단을 보내 병력을 빼오는 것에는 찬성이지만 문제는 그럴 시간이 없었다.

사절을 보낼 시간에 병력들이 움직이면 그만큼 피해를 줄일 수가 있었다.

"사절단을 보내는 것은 나중에 보내고 일단 먼저 통신을 재계하시오. 다른 왕국에 통신으로 연락을 하여 이 사실을 알려 주고 그들의 협력을 얻어 병력을 빼는 것으로 하시오. 이는 외교를 맡고 있는 몬테인 백작이 처리를 하시오."

"알겠습니다. 제가 목숨을 걸고 성사를 시키겠습니다. 폐하."

몬테인 백작은 이번 일이 왕국의 미래가 결정되는 일이라고 생각하고는 목숨을 걸고라도 성공시킬 것을 다짐했다.

헤이론 왕국은 이렇게 전쟁에 대비를 하기 위해 발 빠르게 움직이기 시작했다.

바이탈 왕국은 그런 헤이론 왕국의 움직임에도 그리 걱정을 하지 않았다.

이는 마스터를 두 명이나 보유하고 있다는 자신감 때문이었다.

브레인은 저택으로 돌아와 바이탈 왕국에 대한 조사를 지시하였다.

“자네들은 바이탈 왕국에 대해 상세히 조사를 해 보게. 아마도 카이라 제국의 누군가가 개입이 되어 있는 것 같으니 말이야. 만약에 제국이 개입되어 있다면 그들이 누군지 충분한 조사가 있어야 할 거야.”

“걱정하지 마십시오. 카이라 제국은 정보는 금방 알 수가 있을 것입니다. 공작 전하.”

“제국의 정보를 빠르게 알 수가 있다고?”

브레인은 도둑 길드 마스터의 말에 조금은 의외라는 표정이었다.

“사실 제국의 도둑 길드에는 사촌 동생이 자리를 잡고 있습니다. 동생을 통하면 정보를 빠르게 알 수가 있습니다.”

“그렇군, 그대의 동생이 있다면 확실한 정보를 모을 수가 있겠군. 그러면 그대가 확실히 해 주게. 이번에는 그냥 넘어 가지 않을 것이네.”

“감사합니다. 공작 전하.”

도둑 길드 마스터는 브레인의 약속에 기대를 하는 눈빛이었다.

그동안 왕국에 있으면서 브레인이 한 일들을 생각하면 절대 작은 것이 되지 않을 것이라고 생각이 들어서였다.

브레인은 정보를 모으는 한편 기사단에도 전쟁에 참전한다고 알려 주어 기사들이 새로운 각오로 전쟁에 대비를 하게 하였다.

"제이슨 단장은 지금 모든 기사들에게 전쟁에 참전을 하게 되었음을 알리고 준비를 하도록 지시를 하라."

제이슨도 왕궁에 가서 전쟁에 대한 이야기를 들었기에 브레인의 지시에 빠르게 대답을 하였다.

"바로 지시를 내리도록 하겠습니다. 공작 전하."

제이슨이 나가자 브레인은 친구들이 있는 지하로 갔다.

이번 전쟁에 가장 많은 공을 세우게 하려는 마음에서였다.

이번에 확실히 공을 세워서 전쟁에 승리를 하면 자신이 받을 공국에 이들의 작위를 주는 것도 문제가 없었기 때문이다.

지하에는 친구들이 온몸에 땀을 흘리며 수련을 하고 있었다.

엔더슨은 한쪽에서 무언가를 중얼거리고 있었다.

엔더슨에게는 지난 계곡에서 얻은 마법사의 지팡이와 로브를 확인하니 로브의 안에 작은 공간 주머니에 있었던 마법서를 주어 지금은 마법을 수련하고 있었다.

브레인이 나타나자 친구들은 수련을 멈추고 눈길을 브레인에게 주었다.

"오늘 내가 온 이유는 왕국에 전쟁에 발생하게 되어 이번 전쟁에 너희들이 참전시키려고 해서 왔다. 그동안 충분히 수련을 하였으니 이번 전쟁에 너희들의 활약이 기대된다."

브레인이 뜬금없이 전쟁은 한다고 하니 처음에는 어이가 없는 표정이었다가 브레인의 말이 진심이라는 것을 알고는 이내 표정들이 굳어지고 있었다.

"정말로 전쟁이 일어난다는 말입니까?"

"그래, 바이탈 왕국에서 침공을 하려고 하고 있다."

"바이탈 왕국이 전쟁을 하려고 하다니 이해가 되지 않습니다."

"엔더슨은 어째서 그렇게 생각하지?"

"바이탈 왕국이 강하기는 하지만 헤이론 왕국도 그에 못지않은 전력을 가지고 있습니다. 그런데 그런 나라를 상대로 전쟁을 하려고 한다는 것은 상식적으로 이해가 가지 않는 일입니다."

브레인은 엔더슨의 머리가 뛰어나다는 것은 알고 있

었지만 이렇게 상황을 판단하는 것도 뛰어날 줄은 몰랐다.

"우리가 얻은 정보에는 바이탈 왕국에 마스터가 있다는 것이고 그들이 이번 전쟁을 하려는 이유이다."

상대국에 마스터가 있다면 이야긴 전혀 달라지는 일이었다.

"그렇다면 적국인 바이탈 왕국에 최소한 마스터가 두 명 이상은 된다고 하고 전략을 짜야 할 것입니다."

엔더슨의 말에 브레인은 확실히 놀라고 있었다.

"두 명의 마스터라면 전쟁에 승리를 할 수 있다는 말이지."

"그렇습니다. 두 명이라면 이야기가 달라지니 저들도 충분히 전쟁에 승산이 있다고 판단을 하였을 것입니다."

브레인은 엔더슨과 이야기를 하다가 생각지도 못한 부분을 알게 되었다.

상대에 대한 전력을 엔더슨은 이야기만 듣고도 파악을 하고 있으니 놀랄 수밖에 없었다.

"엔더슨 너는 어떻게 말만 듣고도 상대의 전력을 알 수 있는 것이냐?"

알렉스는 신기한 눈빛을 하며 물었다.

이는 다른 친구들도 같은 생각인지 엔더슨을 보고 있었다.

"말만 듣고 하는 생각이 아니라 충분한 근거를 가지고 하는 말이야. 지금 공작 전하께서 하신 이야기를 들으면서 가장 의심이 가는 것이 바로 상호 간의 전력인데, 사실 바이탈 왕국이나 우리 헤이론 왕국이나 비슷한 전력이라는 것은 다른 나라도 알고 있다. 그런데 바이탈 왕국이 전쟁을 하려고 한다는 것은 무언가 승리를 할 수 있는 방법이 있다는 것을 의미하지. 그래서 질문을 드렸고 마스터가 있다는 이야기를 듣고는 이내 상황이 이해가 갔지. 한 명의 마스터가 전장을 지배하는 영향력을 무시할 수는 없지만 피해를 각오하고 마스터를 상대하면 피해는 입겠지만 패배를 하지 않을 수가 있다고 생각했다. 그런데 그런 사실을 알고 있는 바이탈 왕국이 전쟁을 하려는 이유는 바로 마스터가 한 명이 아닌 최소한 두 명이나 세 명은 된다고 생각이 들었고, 우리는 그렇게 상황을 파악하고 움직이면 그리 많은 피해를 입지 않고 작전을 짤 수 있다고 생각했다."

엔더슨의 말을 듣고 있는 친구들과 브레인은 정말 놀랍다는 얼굴을 하고 엔더슨을 보았다.

이제야 엔더슨의 진가가 나타난다는 생각이 드는 친구들이었다.

엔더슨이 검술을 연마하면서는 사실 도움이 되지 않는 친구였지만 지금은 전혀 그런 생각이 들지 않고 대단하다고만 생각이 들었으니 말이다.

브레인도 엔더슨의 천재적인 머리를 얻었다는 것에 아주 만족한 표정을 지었다.

"엔더슨의 말대로 이번 전쟁에 적국의 마스터가 최소한 두 명이나 세 명은 있다고 생각하고 작전을 짜면 그리 많은 피해를 입지 않고도 승리를 할 수 있을 거야. 우리에게도 적이 파악하지 못하는 마스터가 있으니 말이야."

브레인은 엔더슨의 말을 듣고 승리를 장담했다.

자신들에게도 마스터가 무려 네 명이나 되니 이번 전쟁은 무조건 승리를 할 수 있다는 확신이 생겼다.

"상대의 실력을 아직 모르지만 나는 너희들의 실력이면 충분히 상대를 이길 수 있다고 생각한다. 가문의 검술은 그만큼 대단하니 믿음을 가져라."

이들도 브레인이 알려 준 검술이 얼마나 대단한지를 알고 있기에 브레인의 말에 고개를 끄덕이며 인정을 하였다.

실지로 대륙에 알려진 검술 중에 수위에 이르는 검술이기도 했다.

비록 고대 제국의 근위병사들의 것이지만 말이다.

브레인은 고대 제국의 검술을 연마하면서 자신이 익히고 있는 검술이 얼마나 대단한지를 알게 되어 그 후로는 자신감을 가지게 되었다.

"공작 전하, 전쟁은 언제 시작됩니까?"

"아마도 일주일 정도의 시간이 지나면 바이탈 왕국이 진군을 할 것으로 보고 있다."

"그러면 충분히 준비를 할 수 있을 것 같습니다."

엔더슨은 친구들과 전쟁을 참전하기 위해 무언가를 준비하려는 모양이었다.

브레인은 궁금하기는 했지만 엔더슨이 말을 하지 않으니 그냥 지켜보기로 했다.

자신의 친구들은 그만큼 믿고 있어서였다.

브레인이 나가자 친구들은 서로를 보며 눈빛을 빛내고 있었다.

피터는 아직 마스터가 되지 못했지만 그 실력은 친구들과 대결을 하여도 충분할 정도였다.

마나가 이상하게 피터만 비켜 가는 것인지 마스터의 경지에는 멀기만 한 피터였다.

헤이론 왕국에는 비상령이 내려져 수도의 군사들과 수도에 가까운 영지에서도 병력을 집합시키고 있었다.

브레인은 자신이 참전을 한다고 국왕에게 보고를 하기 위해 왕궁으로 갔다.

헤이론 왕성의 궁에서는 국왕과 바빌론 후작, 그리고 브레인이 만나고 있었다.

"그래 결정을 하셨소?"

"예, 이번 전쟁에 참전을 하기로 하였습니다. 국왕 폐하."

"오, 잘 생각하셨소. 브레인 공작."

"옳으신 판단이십니다. 공작 전하."

바빌론 후작도 브레인의 참전에 기분 좋은 웃음을 지었다.

"그런데 국왕 폐하, 이번에 바이탈 왕국에서 전쟁을 하려는 이유가 조금 이상하다는 생각이 듭니다."

"이상하다고요?"

브레인은 엔더슨과 이야기한 부분을 아주 자세히 국왕과 바빌론 후작에게 들려주었다.

바이탈 왕국의 전력에 지금 자신들이 생각하는 것보다는 더 막강하다고 말이다.

이는 카이라 제국이 뒤에 있는 것 같다는 말도 함께 해주었다.

국왕과 바빌론 후작은 브레인의 말을 들으면서 얼굴이 창백해지고 있었다.

제국이 개입되었다면 보통의 문제가 아니라는 생각이 들어서였다.

카이라 제국의 야심은 대륙에서 모르는 나라가 없었다.

"공작, 정말로 제국이 개입이 되었다고 생각하시오?"

"공작 전하, 카이라 제국의 개입은 다른 왕국에서도 심각하게 생각하는 문제입니다."

"저는 카이라 제국이 개입이 되었는지 아니면 제국의 고위 귀족이 개입이 되었는지 아직은 모르지만 분명한 것은 제국이 개입되었다고 봅니다. 아니면 없던 마스터를 만들어 전쟁을 한다는 것이 이해가 가지 않기 때문입니다."

브레인의 말에 바빌론 후작도 인정하기는 싫지만 인정할 수밖에 없었다.

왕국에 갑자기 마스터가 생겼다는 것은 이해가 가지만 갑자기 전쟁을 위해 마스터가 생겼다는 것은 누군가의 도움이 있다고 보아야 했기 때문이다.

브레인은 걱정스러운 얼굴을 하고 있는 국왕과 바빌론 후작을 보며 다시 입을 열었다.

"폐하, 적들의 전력이 강하지만 우리도 그에 못지않은 전력을 가지고 있습니다. 이번에 저의 가문의 기사들이 돌아왔는데 세 명의 마스터가 함께 돌아왔습니다. 그러니 너무 걱정하지 않으셔도 됩니다."

브레인의 폭탄 같은 선언에 국왕과 바빌론 후작의 얼굴은 놀라고 있다는 것이 눈에 보일 정도였다.

"고… 공작, 정말로 세 명의 마스터가 왔다는 말이오?"

"그렇습니다. 모두 다섯의 기사가 왔는데 세 명의 마스터와 최상급의 기사, 그리고 5서클의 마법사가 와 있습니다."

브레인의 담담한 말에 바빌론 후작은 너무 놀라 말을 하지 못하고 말았다.

익스퍼트 최상급만 해도 왕국에서는 감히 적수가 없다고 해도 과언이 아닌데 마스터가 그것도 세 명의 마스터가 있다는 것은 브레인의 가문이 그만큼 저력이 대단하다는 이야기이기 때문이다.

브레인은 제국의 귀족이지만 지금은 그 세력이 미약하여 자신의 왕국에 있다고 생각하였는데 방금 전의 이야기를 듣고는 다시 생각해야겠다고 판단을 하게 되었다.

세 명의 마스터가 왔다는 말은 아직도 다른 전력이 있을 수도 있다는 이야기였기에 바빌론 후작은 최대한 브레인의 심기를 불편하게 만들지 않아야겠다고 생각했다.

'공작에게 찍히는 날에는 바로 죽었다고 보아야겠군. 최대한 조심하는 것이 살아남을 수 있는 유일한 방법이겠군.'

바빌론 후작은 속으로 그렇게 생각이 들자 브레인을 보는 눈빛이 달라졌다.

국왕도 브레인의 전력을 듣고는 거의 기절을 할 정도였다.

일개 백작가라고 알고 있는데 그 정도의 전력을 보유하고 있다는 말은 충분한 힘을 가지고 있다는 이야기였다.

'저런 자를 타박하려고 하였으니 죽으려고 환장을 하였구나. 내가.'

국왕은 속으로 그렇게 생각이 들었고 등에서는 저절로 식은땀이 흘렀다.

"공작, 그런 전력이 있다면 이번 전쟁은 반드시 승리를 할 수 있을 것이오."

"전쟁의 승리는 당연히 하게 될 것입니다. 다만 제가 걱정하는 문제는 제국의 개입입니다. 이번 전쟁에 우리가 승리를 하여 카이라 제국이 개입을 하게 된다면 승리를 해도 얻을 것이 없게 될 수도 있다는 것을 명심하시기 바랍니다."

브레인의 말에 국왕과 바빌론 후작도 제국이 개입이 되면 바이탈 왕국의 영지를 자신들이 승리를 해도 얻지 못할 것이라는 생각이 들자 분노를 느꼈다.

"우리가 전쟁에 승리를 하게 되면 이는 대륙에 모든 나라가 나서서 카이라 제국이 개입하지 못하게 할 것이오. 힘들게 승리를 하고도 제국 때문에 얻는 것이 없게 된다면 아마도 대륙의 모든 나라가 카이라 제국을 향해 욕을 하게 될 것이오. 카이라 제국도 대륙의 모든 나라에 욕을 먹고 싶지는 않을 것이니 그런 행동은 하지 않을 것이오."

카이라 제국은 대륙에서 가장 강한 나라였기에 다른 나라도 제국과 전쟁을 하려는 나라는 없었다.

하지만 카이라 제국이 침공을 하게 되면 모든 나라가 연합을 하여 대응하기로 약조가 되어 있어서였다.

그렇지만 지금은 카이라 제국이 침공을 하는 것이 아니라, 바이탈 왕국이 침공을 하는 것이라 카이라 제국이 개입을 할 명분이 없다고는 할 수 없는 일이었다.

대륙의 안전을 위해 두 왕국 간의 전쟁이 개입하여 원만한 해결을 하겠다고 하면 방법이 없었다.

브레인은 이번 전쟁에 참전하는 이유가 바로 새로운 공국을 만들려는 것인데 카이라 제국이 개입을 하면 모든 것이 무너져 버리게 되는 일이었다.

"폐하, 제가 말하는 것은 그런 것이 아닙니다. 바이탈 왕국이 먼저 침공을 하였으니 우리가 그들과의 일전에서 승리를 한다고 해도 완전한 승리를 위해서는 결국 우리도 바이탈 왕국의 국경을 넘어야 합니다. 그때 카이라 제국이 개입하여 원만하게 협상을 하라고 하면 어쩌시겠는지 묻는 것입니다."

브레인의 말에 국왕과 바빌론 후작도 난감한 얼굴이 되고 말았다.

저들의 침공을 막고 저들을 공격하는 것은 당연한 일이었지만 만약에 브레인의 말대로 카이라 제국이 중재를 한다고 하면 이를 어길 수 없는 입장이었다.

제국과 전쟁을 할 수는 없는 일이었으니 말이다.

브레인의 말에 국왕은 심각한 얼굴이 되었다.

실지로 이번 전쟁에 카이라 제국이 개입이 되었다면 브레인의 말대로 그렇게 될 공산이 컸기 때문이다.

바빌론 후작은 이번 전쟁에서 승리를 하면 얻는 영지를 브레인에게 주겠다는 말을 하였는데 만약에 브레인의 말대로 그런 일이 발생하면 헤이론 왕국에서는 전쟁의 승리를 한 브레인에게 약속을 지켜야 하는데 줄 영지가 없다는 것이 문제였다.

국왕과 바빌론 후작은 아주 심각한 얼굴이 되어 고민에 빠져 있었다.

이번 전쟁이 자신들의 생각과는 많이 다르다는 것을 알게 되어서였다.

브레인은 그런 두 사람을 보며 한숨만 나왔다.

약속을 하였으니 지키기는 해야겠지만 카이라 제국에 반하는 행동을 할 수는 없는 일이었으니 말이다.

국왕의 입장을 충분히 이해는 하지만 자신도 얻는 것도 없이 참전을 할 수는 없는 일이었기에 국왕의 대답을 기다리고 있었다.

그렇게 시간이 지나도록 말을 하지 않고 있을 때 시종장이 급하게 안으로 들어와 보고를 하였다.

"폐하, 바이탈 왕국이 저희 왕국에 선전포고를 하였다고 하옵니다."

6.

전장에서 얻은 깨달음

헤이론 왕국의 국경성이 있는 곳에는 지금 왕국의 수도 방위군과 경비대 기사들이 모두 모여 있었다.

적의 군세가 이십만이라고 하였지만 자신들은 방어를 하는 입장이었고 아직도 계속해서 지원군이 수도로 도착하는 입장이라 충분히 방어를 할 수 있다고 생각하고 있었다.

한편 바이탈 왕국군은 국경성이 있는 인근에 진영을 설치하고는 작전 회의를 하고 있었다.

"적이 미리 대비를 하고 있는 것 같은데 어찌하였으면 좋겠소?"

"공작 전하. 헤이론 왕국의 전력이 약하지 않으니 공성을 하게 되면 저희가 곤란할 수도 있습니다. 그러니 공격을 하면서 저들을 유인해야 합니다."

"유인을 해야 한다라. 그러면 저들을 유인할 방법이 있소?"

성안에 있는 병사들을 유인한다는 것은 결코 쉬운 일이 아니었다.

가만히 안에 있기만 하면 지지 않을 수 있는데 누가 멍청하게 성을 두고 나오겠는가 말이다.

"공작 전하, 성안에 있는 병사들을 유인한다는 것은 힘든 일입니다. 차라리 성을 공격하여 무너뜨리는 것이 좋을 것입니다."

레스트 공작은 귀족들의 이야기를 들으며 여러 가지의 상황을 생각해 보았다.

이제 전쟁은 시작되었고 반드시 승리를 해야 하는 입장이었다.

카이라 제국이 도움을 주기는 하겠지만 더 이상의 도움을 받게 되면 이는 얻는 것은 아무것도 없이 남 좋은 일만 해 주는 꼴이 되기 때문이었다.

"지금 우리의 병력이 저들의 네 배나 되니 내일부터 공격을 하면 어떻게 되겠소?"

바이탈 왕국군이 이십만이고 성에 방어를 하는 병력이 오만의 병력이었으니 네 배는 맞는 말이었다.

단지 질이 문제였지만 말이다.

그리고 이들이 모르는 것이 있었으니, 성안에는 지금 브레인과 기사들이 대기를 하고 있었다.

"공작 전하, 공격을 시작하기 전에 기사전을 하는 것은 어떻습니까?"

바이탈 왕국이 헤이론 왕국과 전쟁에 승리를 할 수 있다고 자부하는 이유가 바로 기사들이 강하기 때문이었다.

특히나 레스트 공작에게는 마스터가 있다는 사실을 이제 모두가 알고 있는 일이었다.

이는 군의 사기를 높이기 위해 레스트 공작이 직접 이야기를 해 주었기 때문이다.

"기사전이라 저들도 우리의 정보를 들어서 기사전을 하려고 하겠는가?"

"기사전을 피하게 되면 아마도 사기는 바닥을 기게 될 것입니다. 그러면 오히려 공격을 하는 입장에서는 좋은 일이 아니겠습니까."

병사들의 사기는 전력과는 달랐다.

사기가 떨어진 병력은 아무리 많아도 전쟁이 이길 수가 없었다.

바이탈 왕국은 그런 점을 이용하려고 하는 것이었다.

"좋아 그러면 내일은 기사전을 준비하라."

"알겠습니다. 공작 전하."

귀족들과 지휘관들은 힘차게 대답을 하였다.

이들은 기사전에는 반드시 승리를 할 것이라는 자신감이 가지고 있었다.

스스로도 실력에 자부심이 강하기도 했다.

헤이론 왕국의 국경성에는 지금 브레인을 선두로 많은 귀족들이 모여 있었다.

"내일부터 저들의 공격이 시작될 것인데 준비는 어떻게 되어 가고 있소?"

"방어를 위한 준비는 걱정하지 않으셔도 되옵니다. 공작 전하."

헤이론 왕국군은 브레인이 이번 전쟁에 참전을 한다고 하여 승리를 할 것이라는 자신감을 가졌다.

마스터가 무려 네 명이나 되는 기사단을 데리고 참전을 하였기 때문이다.

이번 전쟁에 총사령관 직을 맡은 브레인은 방어에 대한 책임을 지고 있는 국경성의 책임자를 보았다.

국경성은 오래전부터 외지라고 경시를 하여 한직으로 보는 곳이라 책임자라는 직책을 가지고 있기는 하지만 그리 명예로운 자리는 아니었다.

그런데 이번 전쟁으로 인해 국경성의 중요성이 대두되어 그 책임자의 어깨가 무겁게 되었다.

"방어에 만전을 기해 내일 있을 전투에 피해를 입지 않도록 하시오."

"예, 공작 전하."

헤이론 왕국의 일군단장을 맡고 있는 체리스 후작이 브레인을 보며 질문을 하였다.

"공작 전하, 제가 보기에는 바이탈 왕국이 내일 바로 공격을 하지 않고 아마도 기사전을 준비할 것 같으니 우리도 미리 준비를 해 두는 것이 좋겠습니다."

체리스 후작도 군인의 신분이기에 정치에 대해서는 별로 관심이 없는 기사였다.

기사로서 브레인이 마스터의 경지라는 것에 존경의 눈빛을 하고 있는 한 명이었다.

"기사전이라… 기사전을 청하면 어찌해야 하오?"

브레인은 기사전에 대해서는 아는 것이 없으니 그냥 물었다.

"보통은 기사전을 청하면 바로 받아 줍니다. 이는 병사들의 사기 때문에 그렇습니다."

병사들의 사기는 전쟁에 엄청난 힘을 가지고 오는 원동력이었기에 브레인도 고민을 하였다.

아마도 저들은 내일 기사전을 청하면서 마스터를 보낼 수도 있었기 때문이었다.

아직까지는 왕국에 마스터가 있다는 사실을 숨기고 싶었는데 만약에 기사전에 마스터가 나오면 어쩔 수 없이 자신도 마스터를 내보내야 했다.

'골치 아픈 일이네. 마스터의 대결이라…….'

브레인은 한편으로 마음이 동했지만 한편으로는 걱정이 되었다.

마스터의 대결에는 친구들이 나가야 하니 혹시나 다치는 일이 없어야 한다는 걱정이 되어서였다.

아직 친구들에게는 충분한 실전이 부족하다고 생각하고 있었다.

브레인이 모르고 있지만 친구들은 충분한 실전을 경험한 베테랑이었다.

산에서 몬스터를 상대로 전투를 하며 죽음에 대한 공포심을 완전히 벗어난 그런 실전을 경험한 친구들이었다.

"기사전에 적의 마스터가 나올 경우가 있소?"

"초반에 마스터를 내보지는 않을 것입니다. 저들도 기사들의 실력에 자신을 하고 있으나 아마도 상급이나 최상급의 기사가 나올 것으로 예상됩니다."

"흠, 최상급이라면 그리 걱정을 하지 않아도 되겠군."

브레인은 최상급이라는 말에는 그냥 담담하게 대답을 하니 체리스 후작은 조금 놀란 눈빛이었다.

말이 최상급이지 실지로 최상급이라면 어디를 가도 대접을 받는 그런 실력자였다.

그런데 브레인은 그런 실력자를 그리 걱정도 하지 않고

있으니 부럽기 만한 체리스 후작이었다.

그러면서 자신도 마스터가 되면 저리 당당할 수 있을 것이라는 희망을 가졌다.

'반드시 마스터가 되어 나도 저렇게 당당하게 대할 수 있는 모습을 가질 것이다.'

체리스 후작의 눈빛은 강하게 빛이 났다.

브레인은 내일 있을 기사전에 대해 잠시 생각을 해 보았지만 그리 걱정을 할 일은 없을 것 같아 그만 회의를 끝냈다.

"오늘의 회의는 이것으로 마칩시다."

"예, 공작 전하."

"수고하셨습니다. 공작 전하."

귀족들은 브레인에게 인사를 하고는 각자 돌아가고 있었다.

"파넨 자작은 잠시 남으시오."

파넨 자작은 나가려고 하는데 브레인이 부르니 주춤거리며 대답을 하였다.

"예? 예, 알겠습니다. 공작 전하."

파넨 자작은 하늘 같은 공작이 자신을 왜 불렀는지를 생각하며 약간 걱정스러운 표정을 지었다.

귀족들이 모두 돌아가자 브레인은 파넨 자작을 보며 입을 열었다.

"파넨 자작은 이곳 국경성에 오래 있었다고 들었소."

"예, 십 년 정도 이곳에서 지냈습니다. 공작 전하."

"그러면 이곳 지형에 대해서는 아주 잘 알고 있겠지요?"

"예, 그렇습니다. 적어도 국경성이 있는 부근은 모두 알고 있다고 자부할 수 있습니다."

브레인은 파넨 자작의 말에 잠시 무언가 생각을 하고 있었다.

파넨 자작은 자신에게 무엇을 원하는지를 고민하였지만 도대체가 알 수가 없었다.

갑자기 지형을 아냐고 물으니 말이다.

"파넨 자작은 이곳 지형을 아는 기사와 병사들을 준비해 놓으시오. 이번 전쟁에 가장 많은 활약을 해야 하니 말이오."

"기사와 병사는 충분히 있습니다. 그런데 무슨 활약을 한다는 말씀이신지요?"

파넨 자작은 의문이 들어 자신도 모르게 질문을 하고 말았다.

'헉! 내가 무슨 짓을 한 거지?'

파넨 자작은 질문을 하고도 속으로 깜짝 놀라고 있었다.

브레인은 파넨 자작의 눈을 보고 빙그레 미소를 지어

주었다.

"나중에 시간이 되면 알게 되니 너무 궁금해하지 마시오. 파넨 자작."

"예, 공작 전하."

파넨 자작은 바로 대답을 하였다.

이제부터 자신은 브레인에게 받은 명령을 수행하면 되는 일이었다.

지형을 아는 기사와 병사는 많았기에 그리 걱정을 하지 않았다.

밤은 깊어 고요함에 전장을 덮어 갔지만 조금한 소리도 들리지 않는 것이 오히려 더욱 긴장감을 불러 일으켰다.

경비를 서는 병사들도 긴장을 하여 손에 땀이 흐를 정도였으니 말이다.

새벽의 공기는 모두를 상쾌하게 만들어 주는 기운이 있었다.

브레인은 일찍 일어나 아침 공기를 마음껏 들이마시고 있었다.

"흐으읍."

폐 속을 찌르는 기분 좋은 공기에 브레인은 즐겁게 해 주었다.

"공작 전하, 일어나셨습니까."

"제이슨 단장은 잠도 없소?"

"아닙니다, 충분히 자두었습니다. 공작 전하."

제이슨 단장은 지난밤에 잠을 자지 못했다.

전장이라고는 처음으로 참여를 하는 것이라 도저히 잠을 잘 수가 없었다.

이는 기사단에 속해 있는 기사들도 마찬가지였다.

아직까지 전쟁을 경험한 사람은 아무도 없어서였다.

있다면 몬스터와 실전을 경험한 브레인의 친구들이 유일할 것이다.

"제이슨 단장, 거짓말을 하려면 제대로 하시오. 거 눈을 보니 한숨도 자지 못한 것 같은데 말이오."

브레인의 말에 제이슨은 얼굴이 달아올랐다.

말을 하자 바로 들통이 나서였다.

"……."

제이슨이 아무 말도 하지 못하자 브레인은 기분 좋은 미소를 지으며 말을 해 주었다.

"제이슨 단장도 전장이 처음이지만 나도 처음이오. 하지만 말이오. 우리는 승리를 할 수 있다는 희망이 있으니 걱정하지 말고 편히 잘 수 있을 때 자도록 하시오."

"알겠습니다. 공작 전하."

"자, 그럼, 성벽을 한번 구경하도록 합시다."

"제가 모시겠습니다. 공작 전하."

제이슨은 미안한 생각에 먼저 앞장을 섰다.

방어를 하기 위해 헤이론 왕국은 많은 자금을 투자하여 철저하게 준비를 하였다.

브레인은 성벽을 보며 마법진으로 보호를 받게 하였다는 것을 알게 되었다.

마법 지부에 보호 마법을 설치하려고 하면 엄청난 자금을 주어야 했는데, 이번에 그런 일을 하였으니 헤이론 왕국이 이번 전쟁에 얼마나 많은 자금을 들였는지를 알 수 있었다.

"성벽을 보니 적의 공성무기로 공격을 하여도 그리 걱정을 하지 않아도 되겠소."

"국경성은 왕국에서 가장 단단한 성벽을 가지고 있다고 합니다. 그리고 마법적으로 보호 마법을 설치하였으니 성벽이 무너지는 일은 없을 것입니다."

브레인과 제이슨이 성벽을 보고 있을 때 지휘관들도 성벽에 올라오다가 브레인을 발견하고는 급히 인사를 하였다.

"어제는 편히 주무셨습니까. 공작 전하."

"잘 주무셨는지요. 공작 전하."

"하하하, 오늘은 모두 일찍 일어나는 날인가 보오."

브레인의 농담에 귀족들은 조금 미안한 기색을 하며 헛기침을 하였다.

"험, 험."

"내가 서벽을 둘러보니 방어에 대해서는 아주 잘되어 있어 걱정을 하지 않아도 되겠소. 그리고 우리의 병사들은 모두 수도 방위군이니 정예병이라고 해도 돼 방어에 대해서는 그리 문제가 없을 것 같은데 어찌 생각하시오?"

"공작 전하, 적의 공격에 방어는 크게 문제가 없을 것입니다. 다만 아직 병력이 부족하니 적이 사방으로 공격을 할 때는 조금 문제가 있습니다."

국경성은 크기가 커서 사방에 출입을 할 수 있는 성문이 있었다.

적의 병력이 많으니 충분히 네 개의 성문을 향해 공격을 할 수도 있는 일이었다.

"수도에서는 아직도 병력이 모이지 않은 것이오?"

"지금도 병력이 모이고 있다고 합니다. 하지만 아직은 시간이 부족하여 그리 많은 병력이 모이지는 않았다고 합니다. 공작 전하."

브레인은 국경성에 있는 병력이 적기는 하지만 그래도 충분히 방어는 할 수 있을 것이라고 생각하였는데 말을 들어 보니 사방으로 공격이 시작되면 조금은 어려운 상황이 될 수도 있다는 생각이 들었다.

"일단 오늘 저들의 행동을 보고 이야기를 하도록 합시다."

"알겠습니다. 공작 전하."

브레인은 적들이 만약에 기사전을 청하면 이번에 확실히 사기를 꺾어 두려는 생각이었다.

자신에게는 그러게 해 줄 충분한 전력이 있기 때문이었다.

헤이론 왕국의 입장에서는 브레인이 하자는 대로 해야 하는 입장이었다.

왕국에는 마스터가 한 명도 없으니 어쩔 수 없는 일이었다.

브레인은 느긋한 마음으로 성벽으로 올라갔다.

성벽 위에서 적군의 진영을 보니 적도 바쁘게 움직이는 것이 보여 이제 시작을 하려는 모양이었다.

아직 전쟁을 경험하지는 않았지만 지난 세월 왕국에서 얻은 경험들이 브레인의 마음을 조금은 여유롭게 해 주고 있었다.

"적의 공격이 시작되려고 하는 것 같습니다."

"공격에 준비를 하라 지시를 하시오."

"예, 공작 전하. 적의 공격에 대비를 하라."

지휘관의 지시에 병사들과 기사들은 빠르게 움직이며 대처를 하기 시작했다.

이들도 전쟁을 경험하지 못했기 때문에 두려움이 없는 것은 아니었다.

병사들의 얼굴은 잔뜩 긴장이 되어 있는 것이 누가 보

아도 두려움이 얼굴에 그대로 나타났다.

브레인은 그런 병사들이 과연 적의 공격에 제대로 방어를 할 수 있을 것인지가 의문스러웠다.

브레인의 주변에는 친구들과 제이슨 단장이 모여 있었다.

"공작 전하, 병사들의 사기를 올리기 위해 한마디 해 주시는 것이 좋겠습니다."

엔더슨은 전략에 대해 공부를 하지 않았는데도 그 순간의 분위기를 파악하여 브레인에게 말을 해 주었다.

브레인도 분위기가 중요하다고 생각이 들어 고개를 끄덕였다.

"헤이론의 병사들이여, 우리는 오늘 저기 보이는 바이탈 왕국의 침략에 이렇게 전장에 서게 되었다. 오늘 우리가 용기를 내어 적을 물리치면 그대들의 가족과 친지들은 편하게 살 수가 있겠지만 만약에 그대들이 무서움과 두려움이 떨어 전쟁에 지게 된다면 그대들의 아내와 가족들은 저들의 노예가 되어 있을 것이다. 헤이론의 병사들이여, 아직도 두려운가? 아직도 겁이 나는가? 누구나 죽음은 두렵다. 하지만 용기를 잃지 않고 적과 싸운다면 우리는 반드시 승리를 하게 될 것이다. 그대들의 뒤에 있는 아내와 아들, 딸, 그리고 가족들을 생각해 보아라. 그들은 그대들을 믿고 기다리고 있다는 것을 명심하라. 자, 헤이론의 영광과 승리를 위해 함성을 질러 모든 두려움과 무서움을 사라지게 하자."

브레인은 병사들이 모두 들을 수 있게 고함을 쳤고 듣고 있는 병사들은 가슴을 울리는 진한 느낌을 받게 되었다.

가족을 생각하라는 말은 다른 어떤 말보다도 이들에게 진하게 감동으로 들리는 소리였다.

"와아아아! 헤이론 왕국이여 영원하라!"

점차적으로 병사들의 환호성이 커지면서 국경성의 함성은 전장을 지배할 정도로 커지게 되었다.

귀족들과 지휘관, 그리고 기사들도 브레인의 말에 병사들의 사기가 아까와는 비교도 할 수 없을 정도로 올라갔다는 것을 알 수가 있었다.

"대단하다."

"길지 않은 연설로 병사들의 사기를 바꾸어 놓았습니다."

"나도 보았네. 하지만 연설의 내용에 나도 가슴이 떨렸다네."

귀족들도 전쟁을 하기 위해 나왔지만 뒤에 있는 가족들을 생각하게 만드는 연설이었다.

평소에는 그런 생각을 하지 않지만 오늘은 상황이 달랐다.

언제 죽을지도 모르는 전장에서 가족의 정은 생각보다는 강하게 전달이 되었기 때문이다.

헤이론의 상황은 생각과는 다르게 엄청난 함성을 지르며 사기를 키우고 있었고, 공격을 하려고 하는 바이탈의 입장에서는 결코 좋은 일이 아니었다.

"공작 전하, 갑자기 병사들이 함성을 지르며 적들의 반응이 이상해졌습니다."

"누군가 저기에서 병사들의 사기를 북돋아 주고 있다는 이야기다. 당장 적의 사령관이 누구인지를 알아보아라."

"예, 공작 전하."

바이탈 왕국군의 지휘관은 빠르게 대답을 하고는 사라졌다.

레스트 공작은 전장의 상황이 자신의 생각대로 되지 않아 조금은 인상이 써졌지만 아직은 자신에게 기회가 있다고 생각하고 마음을 진정시켰다.

"당장 기사전을 치를 준비를 하라."

어제 계획대로 처음은 기사전부터 시작을 하려고 하였다.

이미 기사전에 나갈 기사는 준비가 되어 있었다.

"예, 공작 전하."

레스트 공작의 지시에 의해 기사전에 참가할 기사들은 준비를 하고 대기 중이었다.

보통 전쟁에서 기사전을 하게 되면 세 명의 기사가 대전을 하게 된다.

그러니 왕국에서도 실력이 있는 기사가 준비를 하여 상대의 사기를 꺾어 놓기 위해 하는 것이었다.

바이탈 왕국은 그런 기사들이 충분히 보유하고 있었다.

물론 마스터의 존재가 있으니 더욱 기사들에게 자신감을 주고 있었지만 말이다.

"그레이스 자작. 기사전을 대비하고 있으라는 공작 전하의 명령이네."

"알겠습니다. 레이몬드 백작님."

그레이스 자작은 바이탈 왕국의 울프 기사단의 단장으로 최상급의 실력을 가지고 있는 강자였다

왕국 내에서도 그 무력이 소문난 대단한 강자였기에 오늘 기사전에 첫 기사로 나가게 되었다.

"처음 시작이니 간단하게 끝내지 말고 적의 병사들이 보고 있으니 아주 박살을 내어 주게."

"걱정하지 마십시오. 저의 주특기가 상대를 박살 내는 것 아닙니까. 하하하."

그레이스 자작은 기사전에 대해 아주 강한 자신감을 가지고 있었다.

평소에도 자신의 힘을 주체하지 못해 사고를 치는 그레이스 자작을 이번 전쟁에 도움이 되기 위해 레이몬드 백

작이 직접 데리고 온 이유가 바로 기사전을 염두에 두었기 때문이었다.

그레이스 자작은 레이몬드 백작의 사촌 여동생의 남편이었기에 최대한 그를 이끌어 주려는 마음에서였다.

남보다는 그래도 인척이 자신에게 도움이 된다고 생각하고 있는 레이몬드 백작만이었다.

그레이스 자작은 전투를 치를 준비를 마치고 당당하게 자신의 말을 타고 국경성이 있는 곳으로 달려왔다.

두두두.

자욱한 먼지를 날리며 달려오는 한 기의 말을 보고 지휘관 중에 한 명이 입을 열었다.

"아마도 기사전을 원하는 모양인데."

"예상은 했지만 진짜로 기사전을 원하다니……."

귀족들과 지휘관들은 상대의 움직임을 보고 기사전이라는 것을 확신하게 되었다.

전쟁을 시작하고 항복을 할 사신을 보내는 것이 아니라면 일기의 기사가 움직이는 것은 바로 기사전밖에 없었기 때문이다.

그레이스 자작은 국경성의 정문에 해당하는 곳과 조금 떨어진 곳에서 멈추고는 크게 고함을 치기 시작했다.

"헤이론의 기사들이여, 우리 바이탈 왕국은 그대들에게 기사 대전을 신청하는 바이다. 나는 기사 대전의 첫 기사인 울프 기사단의 단장인 그레이스 자작이다. 자, 나를 상대할 기사는 누구인가?"

그레이스 자작에 대해서는 헤이론 왕국에서도 소문이 난 인물이었다.

사고를 치기는 하지만 그래도 실력만큼은 대단하다고 알려져 있는 인물이었다.

귀족들과 지휘관들의 시선은 모두 브레인에게 향해 있었다.

헤이론 왕국의 귀족들 중에서도 그레이스 자작을 상대할 실력자가 없는 것은 아니었지만 오늘의 주인공은 자신들이 아니었고 사령관을 맡고 있는 브레인이었기 때문에 그를 보고 있었다.

브레인은 상대의 실력을 감안하고 있었다.

특유의 마나 감지법으로 어느 정도의 실력인지를 감지하는 브레인만의 전매특허였다.

"저 정도면 피터가 나가도 되겠는데. 피터 나가서 작살을 내주고 와."

"예, 공작 전하."

피터는 기사 대전을 나간다고 생각하니 가슴이 떨렸지만 만약에 실수라도 하는 날에는 죽음보다 더 사는 것이 힘들어질 것을 본능적으로 느끼고 있어 마음을 추슬렀다.

국경성의 성문이 서서히 열리면서 당당하게 말을 타고

나오는 인물은 그레이스 자작도 모르는 인물이었다.

상대가 궁금하기는 했지만 어차피 자신을 상대하기 위해 왔으니 신분을 알게 될 것이라 생각하고 잠시 기다리기로 했다.

두두두.

말을 타고 그레이스 자작을 상대할 피터는 상대의 전방에서 말을 멈추고 상대를 보며 입을 열었다.

"나는 헤이론 왕국의 기사 피터라고 하오. 그대의 상대로 나왔지만 부족하지는 않을 것이오."

"기사? 그냥 평기사가 나왔단 말인가?"

"그냥 기사면 안 되는 일이오? 그대 정도면 내가 해도 충분히 상대가 되니 걱정하지 마시오."

피터는 상대를 도달하고 있었다.

상대의 성격을 보니 급해 보여서 이 정도만 해도 상대는 넘어올 것이라 생각이 들어서였다.

아니다 다를까. 그레이스 자작은 분노를 하며 발광을 하기 시작했다.

"감히, 네놈이 나를 놀리려고 하다니 이놈 죽어라!"

그레이스 자작은 바로 공격을 시작하였다.

피터는 상대가 공격할 것을 이미 생각하고 있었기 때문에 침착하게 상대의 공격을 방어하며 자신도 공격을 하였다.

챙챙챙.

말을 타고 상대를 죽이는 것은 서로 실력이 비슷할 때는 상당히 힘든 일이었다.

피터가 그레이스 자작의 검술보다는 우세한 모습을 보여 헤이론 왕국의 병사들의 입에서는 함성이 나왔고, 바이탈 왕국의 진영에서는 아무런 소리가 들리지 않았다.

"아니, 저자는 누구냐?"

"아직 저희도 모르는 놈입니다."

"적의 기사들 중에 저리 강자가 있는데도 아직 상대를 파악하지 못하고 있었다는 것이 말이 되는 일인가?"

"죄송합니다. 공작 전하."

레스트 공작은 헤이론 왕국의 기사가 그레이스 자작의 실력보다는 강자라는 것을 알 수 있었다.

그렇지만 자신들의 입으로 기사 대전을 하자고 해 놓고는 그레이스를 구하기 위해 도움을 줄 수는 없는 일이었다.

이는 지켜보는 눈이 많아서였다.

양측의 입장이 선명하게 나타나는 기사 대전의 상황은 치열하게 전투를 하고 있었다.

챙챙챙.

서걱!

"크윽!"

거의 승부를 낼 수 있는 순간에 피터는 잠시 방심을 하는 바람에 그레이스의 검에 상처를 입고 말았다.

순간 바이탈 왕국의 진영에서는 엄청난 함성이 나왔다.

"와아아아, 그레이스, 그레이스."

피터는 거의 이겼다고 생각한 전투에서 부상을 입자 순간적으로 자신의 잘못을 반성하게 되었다.

'그동안 검술에 대해서 너무 모르고 있었구나. 나는 내가 익히고 있는 검술도 아직 다 모르고 있으면서 방심을 하다니 정말 미련했구나.'

피터는 자신의 실수를 크게 반성하게 되면서 검에 대한 생각을 하게 되었다.

그 순간 피터의 속에서는 엄청난 마나의 파동이 일어나고 있었다.

파아악.

친구들이 모두 마스터의 경지에 올랐지만 자신은 이상하게 최상급에서 멈추어 솔직히 마음이 불편했는데, 이제 전투를 하며 검술에 대한 깨달음을 얻으면서 스스로 마스터의 경지에 도달하고 있는 중이었다.

그레이스는 상대가 부상을 입자 크게 기분이 좋아졌는지 호탕하게 웃음을 내고 있었다.

"크하하하, 그대의 실력이 강하다는 것은 인정을 해 주마. 그래도 오늘 그대가 죽는다는 것은 변하지 않을 것이다. 마지막은 멋지게 장식을 하게 해 주도록 하지. 챠앗!"

그레이스 자작은 마지막을 멋지게 장식하려는 마음인지 약간의 시간을 주었고 그 시간은 피터에게 완전한 마스터로 오르는 계기가 되었다.

그레이스 자작의 공격과 동시에 갑자기 전장에서는 엄청난 마나의 파동이 일어났다.

파아아아.

꽈르르릉.

브레인은 피터가 깨달음을 얻는 것을 이미 짐작하고 있었다.

그레이스 자작은 상대를 죽이기 위해 검을 움직이는데 갑자기 엄청난 마나의 파동에 그만 잠시 주춤거리고 말았다.

"헉! 갑자기 무슨 일이냐?"

그레이스 자작의 주춤거림에 피터는 완전한 마스터의 경지에 도달할 수가 있었다.

"하하하, 그렇구나, 검은 곳 나라는 사실을 잊고 있었구나."

피터는 크게 웃으면서 그레이스 자작을 보았다.

보통은 마스터가 되면 몸을 재구성하게 되지만 검술의 깨달음으로 인해 마스터가 되면 바스트 체인지가 일어나지 않고 내부의 체인지만 되었다.

피터의 경우가 바로 이런 경우였다.

"고맙소. 그레이스 자작 덕분에 마스터의 경지에 오르게 되었으니, 오늘 그대에게 마스터의 검술을 보여 주겠소."

피터의 검에서는 보기에도 선명한 오러 블레이드가 피어났고, 오러 블레이드를 이용한 검술은 눈으로 보기에도 아름다워 보였다.

좌아아.

서걱!

"커억! 이럴 수가……."

그레이스 자작은 말의 위에 그대로 있는데 그의 목에서는 가르다란 피가 흐르고 있었다.

너무도 빠른 검술이라 목이 잘리고도 떨어지지 않은 것이다.

피터는 상대가 죽었다는 것을 알고는 묵묵히 뒤로 돌아 성으로 말을 몰았다.

병사들과 기사들은 아직 상황을 파악하지 못해 어리둥절한 얼굴이었지만 브레인과 친구들 그리고 상급의 실력자 이상의 기사들은 감탄과 감격의 고함을 질렀다.

"이겼다. 우리가 승리를 하였다."

"피터 수고했다. 드디어 마스터가 되었구나."

"역시 피터는 우리보다 신기하게 마스터가 되는구나."

"그렇지 피터는 역시 우리와는 달라."

친구들은 어려서부터 호기심이 왕성한 피터가 자신들과는 조금 다르다는 생각을 가지고 있었는데 오늘 보니 정말인 것 같았다.

헤이론 왕국군은 이겼다는 말을 듣고는 엄청난 함성을 질렀다.

"와아아아, 헤이론 왕국 만세."

"브레인 공작 전하 만세."

"피터 기사님 만세."

헤이론 왕국군은 만세를 부르며 승리를 환호하였고 반대로 바이탈 왕국군의 진영에서는 화를 참지 못한 레스트 공작이 발광을 하고 있었다.

"아니, 상대가 깨달음을 얻고 있는 순간을 노려 죽여야지 그걸 그냥 보고 있는 놈이 어디에 있나?"

레스트 공작도 기사이기는 하지만 지금은 전장이었다.

전장에서는 상대에 대한 배려가 있어서는 안 되는 일이었다.

그런데 멍청한 놈이 상대의 기만 올려 주고 죽었으니 화가 나서 미칠 지경이었다.

그렇다고 계속 이대로 있을 수는 없는 일이었기에 부관을 보며 입을 열었다.

"다음은 누구냐?"

"라이몬 백작입니다."

"라이몬이라면 그도 최상급의 경지가 아닌가?"

"그렇습니다. 공작 전하."

"당장 그를 빼고 기사단에 가서 아론 경을 내보내도록 해라."

레스트 공작의 말에 부관의 얼굴이 환해졌다.

기사 대전으로 인해 지금 병사들의 사기가 말이 아니었는데 마스터를 보내게 되면 이는 바로 병사들의 사기를 올려 줄 수 있게 되어서였다.

"예, 지시대로 처리를 하겠습니다. 공작 전하."

공작의 부관은 아놀프 자작으로 전략에 대한 공부를 많이 하여 왕국 아카데미를 수석 졸업을 할 정도로 머리가 비상한 인재였다.

레스트 공작은 그런 아놀프의 천재적인 머리를 인정하여 이번 전쟁에 부관으로 참여를 하게 하였다.

전략을 짜는 것에는 아놀프만 있어도 된다는 생각에서였다.

레스트 공작의 개인 기사단이 있는 곳에는 침묵만 흐르고 있었다.

아놀프는 시간이 없다고 생각하고 빠르게 기사단에 도착을 하였다.

"아론 경, 다음 기사로 나가십시오."

"헉! 아론 형님이 나간다고요?"

"축하합니다. 아론 형님."

기사들은 아론이라는 중년의 남자에게 축하의 인사를 하고 있었다.

이들의 눈빛에는 절대의 존경이 묻어 있었다.

아론이라는 기사는 담담한 눈빛으로 아놀프를 보며 대답을 하였다.

"알겠소. 바로 준비를 하고 나가겠소."

"시간이 없으니 조금 서둘러 주십시오."

아놀프의 입장에서는 당장이라고 나가면 좋겠지만 감히 마스터의 경지에 도달한 사람에게 그런 말을 할 수는 없었다.

"알겠소. 그렇게 하리다."

아론은 그리 대답을 하고는 바로 준비를 하였다.

바이탈 왕국이 이렇게 새롭게 나갈 기사를 마스터로 정하면서 새로운 분위기를 만들려고 하였지만 과연 그들의 뜻대로 될지는 모르는 일이었다.

7.
마스터 간의 대결

헤이론 왕국군이 있는 국경성에는 승리를 하고 돌아온 피터를 환영해 주고 있었다.

일부 기사들은 존경의 눈으로 피터를 보고 있었다.

전장에서 깨달음을 얻어 마스터가 되는 순간을 보았으니 당연한 일이었다.

실전과 경험을 바탕으로 마스터에 오른 인물이니 이들의 대접은 차원이 달랐다.

"그대의 승리를 축하합니다. 피터 경."

"축하합니다. 피터 경."

귀족들과 지휘관들은 정중하게 축하를 하고 있었다.

이들도 듣는 귀가 있으니 피터가 마스터가 되었다는 말

을 들었기 때문이다.

마스터의 경지에 오르면 왕국에서는 최소한 후작이고 공작이 될 수도 있는 인물이었으니 감히 하대를 할 수는 없는 일이었다.

"고맙습니다."

피터는 감사의 인사로 살짝 고개를 숙여 주었다.

그러다가 자신의 눈에 브레인과 친구들이 보였다.

피터는 최대한 정중하게 예의를 다해 브레인에게 인사를 하였다.

"공작 전하 명을 이행하고 돌아왔습니다."

"고생했다. 그리고 마스터의 경지에 오른 것을 축하한다. 피터."

브레인의 인사가 끝나자 친구들이 피터에게 다가와 축하를 해 주었다.

"피터, 축하해."

"마스터가 된 것을 환영한다. 피터."

엔더슨과 친구들은 피터에게 축하를 해 주었다.

"고맙다. 이제는 너희들과 대결을 할 수 있는 자격이 되었으니 두고 보자."

피터는 친구들이 마스터가 되고 항상 대결에서 졌었다.

그런데 이제 자신도 마스터가 되었으니 충분히 승산이 있다고 생각하였다.

"야, 그래도 선배가 후배에게 질 수는 없는 일이지 안 그래?"

"그럼, 당연한 일이지."

친구들의 농담에 피터는 미소를 지었다.

사실 마스터가 되어도 이들이 자신에게 친구라는 사실은 변하지 않았고 언제나 우정을 나눌 수 있는 친구였다.

이런 친구들이 있다는 것이 피터에게는 마음을 편하게 해 주고 있었다.

브레인과 친구들이 나누는 이야기를 듣고 있는 주변의 귀족들과 지휘관들은 부러운 눈빛을 하며 이들을 보고 있었다.

왕국의 명예 공작으로 임명이 될 때는 몰랐는데 가문의 기사라고 하며 데리고 온 기사들이 하나같이 마스터라고 알려졌을 때는 입장이 달라져 있었다.

헤이론 왕국군의 사기는 하늘을 찌를 듯이 높아지고 있었다.

첫 기사 대전에서의 승리는 무엇보다도 값진 선물이었다.

바이탈 왕국군의 진영에서는 다시 한 명의 기사가 말을 타고 오고 있었다.

"공작 전하, 저기 기사가 오고 있습니다."

브레인은 전방을 보며 이번에는 누구인지를 감지하고 있었다.

브레인의 마나 감지 능력에 걸리는 것은 마스터의 경지에 도달한 인물이었다.

마나로 따지면 거의 자신과 필적할 마나의 양을 가지고 있는 기사라 조금 고민을 하는 모습이었다.

친구들 중에는 저자와 전투를 하여 승리를 장담할 수가 없어서였다.

"음, 제법 강자를 보내는군."

상대의 기운을 느끼는 마스터는 이미 적의 경지가 마스터라는 것을 느끼고 있었다.

"공작 전하, 적의 경지가 마스터이니 이번에는 누가 나가는 것이 좋겠습니까?"

알렉스는 자신이 나가고 싶어 하는 눈치였다.

"이번에는 너희들이 나가도 승부를 점칠 수 없는 상대다."

브레인의 말에 친구들은 모두 놀라는 눈치였다.

자신들이 마스터가 되고 나서는 누구에게도 지지 않을 자신감을 가지고 있었는데, 승부를 점칠 수 없는 적이라고 하니 약간 놀란 것이다.

이미 한차례 대결을 해 보았기 때문에 자신들과는 다르게 강해졌다는 것을 알고 있었다.

그리고 친구들도 브레인의 능력을 어느 정도는 짐작하고 있었다.

어려서부터 브레인은 위험을 감지하는 능력이 뛰어났기 때문에 이들도 많은 도움을 받았기 때문이다.

"그러면 저자도 마스터란 말입니까?"

"그래 마스터의 경지에 도달한 자야. 그런데 경지가 조금 높은 것 같아."

브레인의 말에 주변에 모여 있던 귀족들과 지휘관, 그리고 기사들은 모두 놀란 얼굴을 하고 브레인을 보고 있었다.

자신들도 브레인이 마스터라는 것은 이미 오래전부터 알고 있었다.

하지만 상대의 실력을 아는 경지인지는 몰랐다.

기사들은 상대의 실력을 아는 경지라면 최소한 상급의 실력이라는 생각을 가지게 되었고 그런 생각은 바로 존경과 흠모의 시선으로 변해 가고 있었다.

마스터만 해도 지고한 경지인데 그 이상의 경지라는 것은 감히 상상도 하지 못하고 있었기 때문이다.

"그러면 이번에는 누가 나가야 하겠습니까?"

"이번에는 내가 직접 상대를 해 보려고 하는데 어때?"

브레인의 발언에 헤이론 귀족과 지휘관들은 결사반대를 외쳤다.

"안 됩니다. 전장의 총사령관님이 나가는 경우는 어디에도 없습니다."

"그렇습니다. 사령관님은 혼자의 몸이 아니십니다."

"그렇습니다. 기사 대전은 절대 안 됩니다."

귀족들의 얼굴에는 반대의 표정이 역력했다.

하지만 브레인은 이들과 다른 생각을 가지고 있었다.

자신의 검술이 더 발전을 하려면 그만한 실력을 가진 기사와 대결을 해야 하는데, 오늘 자신에게 어울리는 상대를 만났으니 이는 절대 포기할 수 없는 일이었다.

스스로 발전할 수 있는 계기를 발로 차는 일은 하고 싶지 않아서였다.

"나를 빼고 다른 기사가 나가면 질 것을 알면서도 다른 기사를 보낸다는 것은 하고 싶지 않소. 나는 전장의 사령관이기도 하지만 이 전쟁에서 승리로 이끌기 위해 온 귀족이고, 기사요. 기사가 상대를 두고 피한다는 것은 있을 수 없는 일이니 그대들은 더 이상 다른 말을 하지 마시오. 이번 대결은 내가 나갈 것이오."

브레인의 강경한 의사에 귀족들과 지휘관들은 다른 말을 할 수가 없었다.

특히 기사들은 브레인의 말에 깊은 감동을 받고 있었다.

기사들이 대결을 피하는 것은 참으로 비겁한 행동이었

기 때문이다.

"말을 준비하라."

브레인의 명령에 밑에서는 기사 대결을 위해 바쁘게 준비를 하였고, 브레인은 천천히 내려가고 있었다.

성 밖에는 바이탈 왕국의 기사인 아론이 도착을 하여 크게 소리를 치고 있었다.

"나는 바이탈 왕국의 기사 아론이라고 하오, 오늘 기사 대전에 두 번째 기사로 나왔으니 나를 상대할 기사는 나오시기 바라오."

아론은 당당하게 말을 하였다.

마스터의 경지에 도달하고 그동안 자신과 실전 같은 대결을 하려는 기사는 없었기 때문이다.

같은 기사단에 소속이 된 마스터가 있기는 했지만 마스터 간의 대결은 서로가 피하고 있었다.

이는 전쟁을 하기 전에 부상을 당할 것을 염려해서였다.

이들은 마스터가 되면서 레스트 공작과 확실하게 약속을 하게 되었다.

바로 오 년간은 무슨 일이 있어도 레스트 공작의 일을 도와주기로 말이다.

사실 자신들이 마스터가 된 것도 오직 레스트 공작의 지원이 있었기에 가능했던 일이었다.

레스트 공작은 왕국에 전해지는 최상급의 마나 호흡법을 아낌없이 기사들에게 전해 주었고 이를 익히는 기사들의 실력은 나날이 좋아져 결국 자신과 같이 마스터가 탄생하게 되었기에 레스트 공작의 약속대로 오 년간은 그의 일을 도와주기로 약속을 하게 된 것이다.

그그그긍.

거대한 성문이 열리면서 브레인이 타고 있는 말이 천천히 아론을 향해 가고 있었다.

아론도 이번에 나오는 존재가 마스터라는 것을 직감적으로 알 수가 있었다.

“저자도 마스터의 경지에 도달한 자구나. 나의 몸이 반응을 하는 것을 보니 오늘 승패를 짐작할 수 없을 것 같다.”

아론은 상대의 실력이 자신보다 약하지 않는다는 것에 조금은 불안하기도 했지만 자신이 지리라고는 생각지 않았다.

브레인은 그런 아론을 보며 이동하여 그의 앞에 도착을 하였다.

“본인은 헤이론 왕국의 사령관인 브레인 공작이라 한다. 오늘 마스터의 경지에 도달한 그대를 만나 기쁘게 생각한다. 우선 마스터의 경지에 도달한 그대에게 경의를 표한다.”

브레인은 아론에게 기사로서 정중하게 경의의 인사를 해 주었다.

아론은 상대가 적의 사령관이라는 것에 놀랐고 작위가 공작이라는 것과 상대에 대한 예의를 지켜 주는 것에 놀라게 되었다.

결코 자신의 아래가 아닌 상대가 자신을 충분히 배려해 주고 있는 모습에 조금은 감동을 받았다.

“감사합니다. 저도 마스터의 경지에 도달한 공작 전하께 경의의 인사를 드립니다.”

아론도 예의를 다해 인사를 정중하게 했다.

두 사람의 대화는 금방 전장에 알려졌고 양측의 진영에서는 난리가 났다.

“아니, 헤이론 왕국에 언제 마스터가 생겼지?”

“왕국 사령관이 직접 나오다니 정말 믿을 수가 없군.”

바이탈 왕국의 진영에서는 사령관인 브레인이 직접 나왔다는 것과 그의 실력이 마스터라는 것에 놀라 술렁이고 있었다.

하지만 헤이론 왕국은 아론이 마스터라는 것에 놀라고 있었다.

물론 일부의 기사들만 그런 반응을 보이고 있었지만 말이다.

두 사람은 양측의 반응에는 일절 신경도 쓰지 않고 서

로의 눈을 보고 있었다.

"시간이 별로 없으니 그대의 검을 보고 싶소."

"알겠습니다. 오늘 제가 최고의 적을 맞이하여 최선을 다해 상대하겠습니다."

아론은 자신의 실력을 오늘은 마음껏 발휘를 해야 한다는 사실을 알고 있었다.

아니면 죽을 수도 있으니 말이다.

두 사람의 대결에 가장 긴장한 눈빛을 하고 있는 인물들이 있었으니 바로 브레인의 친구들과 아론의 친구인 메리트였다.

메리트는 아론과 같이 마스터의 경지에 도달한 기사로 아론이 마스터를 상대로 대결을 한다고 하니 불타는 눈빛을 하고 있었다.

'아론, 부디 승리를 하고 돌아오기를 바라네.'

메리트는 속으로 간절히 승리를 기원하고 있었다.

자신도 마스터라 상대가 결코 만만치 않다는 것을 느끼고 있어서였다.

꽝, 꽝.

아론과 브레인은 처음부터 강력한 오러 블레이드를 사용하여 대결을 하고 있었다.

이미 상대의 실력에 대해서는 어느 정도 서로가 알고 있기에 더 이상 시간을 끌고 싶은 마음이 없어서이기도 했고 그렇게 하면 상대를 모욕하는 일이라 둘 다 최선을 다해 상대를 해 주고 있었다.

꽈르릉.

챙챙챙.

검과 검이 부딪치는 곳에는 땅과 주변의 기운이 요동을 치니 보고 있는 사람들은 긴장이 되어 손에 땀이 차 있었다.

레스트 공작은 아론과 대결을 하고 있는 브레인을 보며 자신이 실수를 하였다는 생각을 버릴 수 없었다.

'헤이론 왕국에 마스터가 있다는 사실을 왜 생각지 못했을까? 우리 왕국에 마스터가 있듯이 그들도 있을 수 있다는 생각을 왜 하지 못했을까?'

레스트 공작은 자신의 실책을 생각하며 아론이 이기기를 간절히 원하게 되었다.

이번 승패는 사기만의 문제가 아닌 승패를 결정하는 중요한 일이 될 것이라고 느껴졌기 때문이다.

아론과 브레인은 아낌없이 자신의 기술을 동원하여 상대를 공격하고 있었다.

챙챙챙.

꽈르릉.

이미 두 사람이 타고 있는 말은 어디로 갔는지 사라지고 없었고 땅에 서서 대결을 하고 있었다.

두 사람의 주변에는 엄청난 마나로 인해 먼지가 자욱하게 깔렸지만 마스터인 두 사람에게는 아무 불편을 주지 않았다.

"나의 마지막 공격이라오."

"저도 준비하고 있었습니다."

두 사람은 마지막 공격을 위해 최선을 다해 마나를 모았다.

부르르르.

주변의 공기가 급격한 마나의 이동에 울리고 있었다.

이는 양측의 진영에도 전달이 될 정도였다.

양측은 이번에 상대에게 결정적인 공격을 하려고 한다는 것을 직감적으로 느낄 수 있었다.

브레인의 친구들은 손에 땀을 내는 대결에 흥분을 하고 있었다.

마스터의 대결이라고 모두 같은 것은 아니라는 것을 확실히 깨닫고 있었다.

상대를 죽여야만 하는 긴박감이 넘치는 대결은 이미 한계를 넘은 마스터라도 긴장을 하게 만들기에 충분했다.

"하앗!"

"이야앗!"

꽝, 꽝.

과르르릉.

엄청난 폭음과 함께 주변은 확인할 수 없을 정도의 많은 먼지가 폭풍처럼 생겨났다.

양측은 폭풍처럼 일어난 먼지가 가라앉기만 초조하게 기다렸다.

더 이상 소리가 들리지 않는 것을 보니 승부는 났다고 생각이 들어서였다.

한참의 시간이 지나자 서서히 먼지가 가라앉았고 주변이 보일 정도의 식별이 되었다.

전장에는 브레인이 검을 들고 서 있었고 그의 앞에는 아론이 쓰러져 있었다.

아직 죽지는 않았는지 심장이 뛰고는 있었다.

"그대의 기술은 정말 훌륭한 기술이었소. 하지만 아직 그대의 깨달음이 부족한 것이 조금 안타까울 뿐이오. 부디 좋은 곳으로 가시기를 바라겠소. 오늘 그대의 가르침에 경의를 표하오."

브레인은 그렇게 말을 하고는 정중하게 검을 들어 자신의 얼굴 앞에 대고 허리를 숙여 인사를 해 주었다.

기사와 기사가 대결을 할 때 상대에게 해 줄 수 있는 가장 경의로운 자세로 상대를 존중한다는 뜻으로 하는 행동이었다.

브레인의 그런 행동에 양진영은 함성도 지르지 않고 조

용히 지켜보고 있었다.

이는 누구도 감히 먼저 소리를 치면 마치 죄를 짓는 기분이 들어서였다.

브레인은 아론을 잠시 보다가 뒤로 돌아갔다.

브레인이 자리를 떠나자 바이탈 왕국의 진영에서 누군가가 급히 말을 몰고 달려왔다.

죽은 아론의 시체를 가져가기 위해서였다.

두두두.

성의 안에서는 브레인의 친구들이 말을 타고 브레인에게 달려갔다.

두두두.

브레인은 자신을 마중 나온 친구들을 보며 환하게 미소를 지었다.

"공작 전하, 어서 타십시오. 저희들이 모시겠습니다."

"오르시지요. 공작 전하."

친구들도 브레인의 대결을 보고 저렇게 대단한 사람이 자신들의 친구라는 것이 자랑스러웠다.

그런 친구를 주군으로 모시게 되었다는 것이 이들의 심장을 뛰게 하였다.

"엔더슨. 아무도 모르게 나에게 치료 마법을 실시해 줘."

브레인의 말에 엔더슨은 안색이 변했지만 급히 고치며

빠르게 마법을 펼쳤다.

"리커버리!"

엔더슨은 브레인의 몸을 부축하며 은밀히 마법을 펼쳤다.

혹시나 빛이 보일 것을 염려해 손을 브레인의 옷 속으로 넣어 마법을 펼쳤다.

브레인은 지금 속이 말이 아니었다.

비슷한 상대와 대결을 하며 많은 것을 깨달았지만 자신도 무사할 수는 없었다.

전장에 보는 눈이 있어 견디고는 있지만 언제 쓰러져도 이상이 없을 정도의 부상을 당하였다.

엔더슨의 마법으로 말에 오를 수가 있게 된 브레인은 천천히 성문을 향해 갔다.

브레인이 그렇게 가고 있을 때 메리트는 아론이 있는 곳에 도착을 하였다.

죽은 친구인 아론의 입에는 아주 만족스러운 미소가 남아 있었다.

'아론, 이렇게 죽어도 만족했는가? 무엇이 너를 이렇게 웃을 수 있게 해 주었는가?'

메리트는 아론이 죽으면서 남긴 미소를 잊을 수 없을 것 같았다.

자신은 죽어도 저런 미소를 남길 수가 없을 것 같아서

였다.

“아론, 비록 적이지만 너에게는 최대한 성의를 보여 주었다고 생각한다. 그리고 내가 보아도 후회 없는 대결이라는 생각이 들었으니 너도 결코 후회는 없었을 것이라고 본다. 부디 좋은 곳으로 가라.”

메리트는 그렇게 말하며 아론의 시체를 말에 실고 진영으로 돌아갔다.

브레인이 성문에 들어서니 성안에서는 왕국이 떠날 갈 정도의 함성이 울려 퍼졌다.

“와아아아, 브레인 공작 전하 만세!”

“헤이론 왕국 만세!”

병사들은 함성을 지르지 못해 죄를 지은 사람처럼 크게 소리를 질렀다.

국경성이 무너지지 않은 것이 신기할 정도의 엄청난 함성이었다.

이는 아마도 병사들과 기사들이 진심으로 감동을 하여 지르는 함성이라 그런 것 같았다.

커다란 함성에 브레인은 가만히 손을 흔들어 주며 지나갔다.

친구들은 그런 브레인을 걱정스러운 눈빛을 보고 있었다.

제이슨은 눈치가 빠른 사람이라 브레인이 부상을 입었

다는 것을 눈치채고는 빠르게 기사단에게 호위를 하라는 눈치를 주었다.

기사단도 브레인의 주변을 철통같이 보호를 하며 이동을 하였다.

"공작 전하께서 부상을 입으신 것 같습니다. 인사는 나중에 드리는 것이 좋겠습니다."

"그렇게 하지요. 그래도 정말 값진 승리였습니다."

"그럼요. 이번 전쟁은 우리 왕국의 승리입니다."

귀족들과 지휘관들은 이번 기사 대전으로 인해 전쟁의 승리는 확실하게 마무리를 했다고 자신하였다.

브레인은 힘들게 자신의 방으로 왔다.

"지금부터 부상을 치료하는 동안 아무도 들어오지 못하게 해 줘."

"걱정하지 마십시오. 누구도 여기를 들어오지 못하게 하겠습니다. 공작 전하."

알렉스가 걱정스러운 눈빛을 하였지만 힘차게 대답을 하였다.

다른 친구들도 고개를 끄덕여 주었다.

브레인은 그런 친구들을 믿는지 바로 마나 호흡법을 하기 시작했다.

브레인이 마나 호흡법을 시작하자 피터와 빌리는 빠르게 밖으로 나가 기사들에게 지시를 내렸다.

"공작 전하께서 쉬셔야 하니 누구도 출입을 금지한다."

"예, 피터 님."

기사들은 힘차게 대답을 하고 주변을 삼엄하게 지켰다.

기사들의 눈에는 브레인에 대한 충성과 존경심이 넘쳐흐르고 있었고 절대적인 믿음을 가지고 있었다.

브레인은 마나 호흡법을 하면서 내부를 치료하고 있었다.

지금 자신의 내부는 망가지고 찢어져 마나를 움직이는 것도 사실 힘이 드는 상황이었지만 브레인은 이를 악물고 마나를 움직이고 있었다.

'크흑!'

마나를 움직이자 엄청난 고통이 육체와 정신을 힘들게 하였지만 브레인은 고통을 참으며 치료에 전념하였다.

그렇게 치료를 하면서도 아론과의 결투가 생각이 났다.

'그의 마지막 공격은 정말 대단하다고밖에 할 말이 없었다. 나의 검술이 조금만 약했다면 아마도 죽는 것은 그가 아니라 내가 되었을 것이다.'

브레인은 아론과의 대결에서 자신의 부족한 부분을 알게 되었고 아론의 마지막 공격은 브레인을 충격에 빠지게 하였다.

브레인은 점점 검술에 대한 깊은 생각에 빠지면서 서서

히 깨달음을 얻어 가고 있었다.

한참의 시간을 그렇게 검술에 대한 깨달음을 얻어 이제 거의 마무리를 할 순간에 브레인의 몸에서 이상한 현상이 일어나고 있었다.

브레인이 끼고 있는 반지에서 어두운 기운이 생겨나면서 점점 브레인의 몸을 감싸 안는 것이 아닌가?

반지에서는 강력한 힘이 브레인의 몸속으로 침투를 하기 시작했다.

강력한 힘은 브레인의 상처를 단숨에 치료를 하고 있었다.

'크윽, 도대체 이 힘은 무엇이란 말인가?'

브레인은 갑자기 강력한 힘이 자신의 상처를 치료하고 있지만 그 힘으로 인해 자신의 마나와 충돌이 일어나니 엄청난 고통이 찾아왔다.

아무리 그 힘을 통제하려고 해도 통제가 되지 않고 점점 힘이 크기가 커지니 고통도 그만큼 커지기 시작했다.

'크으윽, 이렇게 죽는 것인가? 아니, 이 정도의 고통에 내가 죽을 수는 없다. 지금까지 죽을 고생을 하며 수련을 한 이유가 이렇게 죽으려고 한 것이 아니란 말이다.'

브레인은 속으로 비명을 지르며 외치고 있었다.

하지만 자신의 주변에는 아무도 그를 도와줄 사람이 없었다.

브레인이 치료를 위해 마나 호흡을 하는 것을 보고 친구들도 모두 나가 있었기 때문이다.

엄청난 힘은 브레인의 몸을 모두 잠식하고 몸에 있는 마나를 강제로 자신과 합치기 시작했다.

'크아악!'

브레인은 소리를 지르고 싶어도 입이 열리지가 않았고 결국 속으로 비명을 지르며 기절을 하고 말았다.

브레인이 기절을 하자 강한 힘은 마나를 강제로 완벽하게 합쳐지고 있었다.

마나의 힘은 아닌 무슨 힘인지는 모르지만 마나가 힘을 쓰지 못하고 그 힘에 합쳐지고 있었다.

한참의 시간이 지나자 브레인의 몸에서는 예전의 바스트 체인지와 같은 현상이 일어나고 있었다.

우드득, 우득.

브레인은 바스트 체인지가 확실히 되고 있었다.

마치 강력한 무언가가 자신의 힘을 사용하지 못하는 몸이 마음에 들지 않는 것처럼 강제로 변화를 시키고 있는 것 같았다.

브레인은 그렇게 자신의 몸이 변하고 있는지도 모르고 기절해 있었다.

브레인이 완전히 변화를 마치자 반지의 모습이 변화를 보였다.

볼품없는 그런 반지가 아니라 이제는 눈으로 보기에도 고급스러운 멋을 풍기는 반지로 변해 있었다.

반지의 변화를 모르는 브레인은 서서히 정신을 차리고 있었다.

그런데 보통 바스트 체인지를 하면 주변에 마나의 파동이 있어야 하는데, 이번에 일어난 바스트 체인지는 전혀 마나의 파동이 없이 일어났기 때문에 친구들도 전혀 모르고 있었다.

"으으으."

브레인은 정신이 드는지 신음 소리가 났다.

아주 작은 소리라 부상을 치료하는 과정에서 느끼는 고통의 소리 같았다.

"안에서 신음 소리가 들리지 않아?"

"기다려, 지금 아마도 중요한 순간이 될지도 모르니 말이야."

친구들은 브레인이 이번 대결에 많은 것을 얻었을 것이라는 생각을 가지고 있었다.

그런 깨달음은 스스로 얻어야 하기 때문에 자신들이 들어가면 오히려 망칠 수도 있다는 생각에 참고 있었다.

친구들의 오해로 브레인은 아무도 없는 혼자만의 공간에 정신을 차리고 있었다.

"여기가 어디지?"

브레인이 정신을 차린 곳은 아무것도 보이지 않은 이상한 공간이었다.

"내가 죽은 것일까?"

브레인은 치료를 하다가 갑자기 엄청난 힘에 의해 정신을 놓았다는 것을 생각하고는 자신이 죽었을지도 모른다는 생각이 들었다.

브레인은 주변을 세밀히 살피기 시작했다.

그런데 갑자기 자신의 앞에 이상한 기운이 감지되면서 하나의 존재가 나타났다.

"마스터, 깨어 나셨군요."

"누구냐?"

브레인은 갑자기 나타난 존재를 보며 놀라고 말았다.

생긴 것은 인간인 것 같은데 마나가 전혀 느껴지지 않는 것이 절대 인간은 아니라고 생각이 들었다.

그리고 아무런 기척도 없이 나타나는 능력을 가진 존재였기 때문이었다.

"저는 마스터의 종인 에레나라고 합니다."

브레인은 갑자기 나타나 자신에게 마스터라고 하는 존재를 보며 의심이 갔다.

"그대가 나의 종이라고 하면 내가 무조건 그래 하고 믿어야 하는 거요?"

브레인의 말은 당연한 말이었다.

에레나는 그런 브레인을 보고 조용히 자신의 존재에 대해 설명을 해 주기 시작했다.

에레나는 고대 제국 흑마법사의 수장에게 당해 강제로 키메라로 만들어진 존재였다.

고대 제국에서 제법 강하다고 알려진 에레나는 흑마법사의 수장에게 걸려 실험체가 되는 신세가 되어 각종 실험을 하는 곳에서 여러 가지의 실험을 당하게 되었다.

흑마법사는 에레나의 정신이 그대로 있으면 분명히 문제가 되니 결국 흑마법을 사용하여 정신을 조정하게 되었다.

에레나는 흑마법사의 정신 세뇌에 당하지 않기 위해 자신이 알고 있는 마나 호흡법을 이용하여 대항을 하였지만 결국 여러 흑마법사가 동원되니 당하지 못하고 정신 마법에 걸리고 말았다.

흑마법의 수장은 그런 에레나를 자신의 가디언으로 삼아 새롭게 탄생하게 만들었다.

키메라는 죽지 않은 몸의 상태를 말하는 것인데 흑마법사는 특이하게 데스 나이트와 키메라를 합성시키는 생각을 하여 지금의 에레나를 만들게 된 것이다.

브레인이 끼고 있는 반지는 바로 에레나가 머물 수 있는 공간의 반지였다.

에레나는 공간의 반지에서 연합군과 흑마법사의 마지막을 보게 되었고 공간의 변화에 마나가 이상한 성질의 기운으로 변하는 것도 알게 되었다.

자신이 살기 위해서는 이상한 그 힘을 받아들여야 한다는 생각에 에레나는 그 힘을 이용하여 자신의 생명을 유지하고 있었다.

하지만 문제는 그 세월이 길어 무려 이천 년이라는 시간이 지나는 바람에 에레나는 엄청난 기운을 가지게 되었지만 자신의 주인이 부르지 않으면 나갈 수 없는 상태가 되어 버린 것이다.

브레인은 에레나의 말을 듣고 조금은 이해가 갔다.

"그러니까, 내가 부르지 않으면 나올 수가 없다는 말이지?"

"그렇습니다. 저는 반지를 가지고 있는 분을 마스터로 모시라는 전 마스터의 명령에 지금까지 기다리고 있었습니다. 마스터."

"그러면 들어올 때는 어떻게 해야 하는데?"

"그때는 그냥 캔슬이라고 외치시면 됩니다. 그러면 저는 자동으로 공간의 안으로 이동이 되어 버립니다."

브레인은 에레나의 말을 듣고 아주 대단한 수하를 얻었다는 것을 알았다.

"너의 능력은 무엇인데?"

"그냥 이것저것 다할 줄 아는데요?"

에레나의 대답에 브레인은 어이가 없는 얼굴이 되어 버

렸다.

"그러니까 다하는 것이 어떤 것이냐고?"

"그냥 다하는데요?"

브레인은 에레나와 대화를 하는 것이 마치 바보하고 대화를 하는 것 같은 기분이 들었다.

'아니, 뭐 이런 놈이 다 있냐?'

브레인은 속으로 그렇게 생각하였다.

"마스터 다 들립니다. 저와 마스터는 이제 정신이 연결되어 있어 그렇게 속으로 말씀을 하셔도 들립니다."

에레나의 말에 브레인은 기겁을 하고 말았다.

"정말 속으로 말해도 다 들려?"

"예, 저는 본체가 공간의 안에 있지만 마스터와는 정신으로 연결되어 있어서 이렇게 말하지 않으셔도 서로 대화를 할 수 있습니다. 이는 만약에 반지를 다른 사람이 훔쳐갔을 때를 생각하여 그렇게 만들어진 것입니다."

브레인은 에레나의 말에 고개를 끄덕였다.

충분히 가능한 일이었기 때문이다.

반지의 공능이 대단하다는 것이 알려지면 분명히 누군가가 노릴 것이고 반지를 훔친 사람에게 충성을 하게 되면 곤란하게 되기 때문이다.

주인을 수시로 바꿀 수 있는 물건이라면 차라리 없는 것이 낳을 테니 말이다.

"그거는 마음에 드네."

"시간이 지나시면 마음에 드시는 것이 많아지실 것입니다. 마스터."

브레인은 에레나가 하는 말을 잠시 생각해 보았다.

고대 제국의 유일한 생존자라고 할 수 있는 존재였으니 분명히 도움이 될 것이라는 생각이 들었다. 하지만 자신에게 필요한 것은 실질적인 무력인데 아직 에레나의 무력에 대해서는 아는 것이 없었다.

"에레나, 무력은 얼마나 강하지?"

"지금은 마스터보다 강합니다."

"지금은 강하다고? 그러면 앞으로는?"

"그거는 모르지요. 마스터가 저보다 강해지면 약한 것이니 말입니다."

브레인은 에레나와 대화가 아주 특이하게 진행되고 있다는 사실을 깨달았다.

무언가 질문을 하면 이상하게 답변을 주고 있는 에레나였다.

지금과 고대 시대는 생각하는 것이 이렇게 다른가라는 생각이 드는 브레인이었다.

"일단 나를 살린 것은 에레나가 해 준 것이지?"

"예, 마스터가 너무 약해서 조금 강하게 해 드렸습니다. 저의 기운을 이용하여 마나를 합쳐 버렸으니 말입니다."

브레인은 마나를 합쳤다는 말에 깜짝 놀랐다.

"아니, 그러면 마나를 사용하지 못한다는 말이야?"

브레인이 급하게 물었다.

"아닙니다. 마나도 통제할 수 있는 강한 기운을 드렸다는 말입니다."

브레인은 에레나의 말에 일단 마나 호흡법을 해 보아야겠다고 생각이 들었다.

브레인은 바로 그 자리에서 마나 호흡법을 해 보았다.

그런데 자신의 몸에서 일어나는 강대한 기운은 예전과는 확연히 다른 기운이었다.

일단 통제는 되고 있지만 이 기운의 정체를 모르니 조금은 불안해지는 브레인이었다.

"에레나, 이 기운은 도대체 정체가 뭐야?"

"저도 모릅니다. 고대 제국과 흑마법사가 전투를 하며 이상한 마법진을 사용하는 바람에 만들어진 기운입니다. 아마도 앞으로도 이런 기운을 만들 수는 없을 것입니다."

에레나의 말에 브레인은 저절로 기운이 빠지는 기분이었다.

이런 기운이 없다는 말은 더 이상 강해질 수 없다는 말과 같아서였다.

그런 브레인을 보고 에레나는 다시 설명을 해 주었다.

"마스터께서는 그 기운을 이용하여 마나를 계속 받아들

이실 수 있으니 걱정하지 않으셔도 됩니다. 마나도 통제를 할 수 있는 기운이니 말입니다.”

에레나의 말은 마나보다 상위의 기운이라는 말이었다.

브레인은 에레나의 말에 많은 것을 느끼게 되었다.

‘허허, 나도 모르게 그동안 자만을 하고 있었구나, 강해진다는 생각만 하다가 보니 다른 것이 있다는 생각을 하지 못하고 있었구나.’

브레인은 작은 깨달음이지만 이번의 깨달음은 새로운 세상을 보게 만들어 주었다.

“에레나, 고마워.”

“아닙니다. 마스터.”

브레인은 이렇게 새로운 수하인 에레나를 만나게 되었다.

에레나로 인해 앞으로 어찌 변할지는 모르지만 말이다.

8.

미첼 공작가의 개입

브레인이 아론과 기사 대전에서 승리를 하자 바이탈 왕국군이 있는 진영에서는 난리가 났다.

이번 전쟁에서 승리를 할 것이라는 자신감을 가지고 시작한 전쟁이었는데 이렇게 상대에게도 마스터가 있다는 사실을 알고 나자 반응은 상당히 좋지 않은 쪽으로 흐르고 있었다.

"아니, 전쟁을 시작하려면 최소한의 정보는 알고 해야 하는데 어떻게 상대군에 마스터가 있다는 사실도 모르고 있을 수가 있소."

"그러게 말입니다. 그리고 우리의 마스터가 그렇게 약할 줄은 몰랐습니다."

"두 명의 마스터는 비슷한 경지라고 하던데, 그중에 한 명이 죽었으니 이번 전쟁에서 승리를 하기는 힘들게 생겼어요."

마스터의 존재는 이들에게 매우 희망적인 일이었다가 이제는 그런 희망이 사라져 버렸으니 반응이 안 좋게 변하고 있었다.

귀족들과 일부 지휘관들은 이번 전쟁에 지게 되면 입을 피해를 먼저 생각하고 있었다.

전쟁에 지게 되면 그에 대한 배상금을 지불해야 하는데 이는 전쟁에 참전을 한 귀족들이 가장 우선적으로 자금을 지급해야 하는 입장이었기에 상황이 묘하게 변하게 되었다.

레스트 공작의 입장도 그리 좋지만은 않았다.

쾅!

"아니 상대에게 마스터가 있다는 사실을 알아보지 않고 도대체 무엇을 하였는가? 그리고 우리의 마스터는 원래 그렇게 약한 것인가? 내가 그대들에게 각종의 지원을 아끼지 않은 것은 이번 전쟁에 승리를 하기 위해서였는데 이렇게 기사 대전에서 지면 전쟁을 어떻게 하라는 말인가?"

레스트 공작은 수하의 귀족들과 메리트를 불러 화를 내고 있었다.

그렇지 않으면 울화가 터져 죽을 것 같아서였다.

레스트 공작은 조금 심하기는 하지만 그렇게 틀린 말은 아니었다.

무려 이십 년을 지원하여 마스터를 만들었는데 저렇게 허무하게 죽어 버렸으니 얼마나 마음이 답답하겠는가.

메리트도 그런 공작의 심정을 이해는 했지만 그래도 죽은 친구에게 너무한다는 생각이 들었다.

"공작 전하, 마스터가 되어 대전을 하게 되면 죽을 수도 있는 것입니다. 상대가 더 강하면 아무리 마스터라고 해도 어쩔 수 없는 일입니다. 이는 우리가 잘못한 것이 아니지 않습니까."

공작의 기사단이지만 단장은 메리트가 맡고 있었다.

그래서 잘못을 따지고 있었다.

실질적으로 정보를 주지 않은 공작의 잘못이 더 크기 때문이었다.

"자네 지금 나에게 따지는 것인가?"

레스트 공작의 말투가 차가워지고 있었다.

메리트는 공작이 지금 상당히 위험한 수준이라는 것은 알고 있지만 자신도 이렇게 비난을 받을 이유가 없었다.

"따지는 것이 아니라 정당한 것을 말하는 것입니다."

메리트도 강하게 나오니 레스트 공작의 얼굴은 더욱 붉어지고 있었다.

하지만 레스트 공작이라고 해도 마스터에게는 다른 사람과 같이 대할 수는 없는 일이었다.

전쟁은 아직 시작도 하지 않았으니 더욱 그랬다.

잠시의 시간 동안 마음을 진정시킨 레스트 공작은 메리트를 보고 입을 열었다.

"전쟁은 이제 시작인데 우리는 벌써 전쟁에 졌다고 생각하는 것 같군그래."

레스트 공작은 차가운 표정으로 말을 하였다.

저 표정은 공작의 전매특허의 표정이었다.

레이몬드 백작은 황급히 레스트 공작에게 전언을 하였다.

"공작 전하, 지금 이 상태로는 전쟁을 하여도 승산이 없으니 미첼 공작에게 연락을 하여 지원을 받는 것이 좋을 것 같습니다. 일단 전쟁에서 승리를 하는 것이 우선입니다."

레스트 공작도 지금의 상황에서는 승산이 없다는 것은 알고 있었다.

하지만 제국을 전쟁에 개입하게 하면 이는 전쟁을 하고도 남는 것이 없는 일이었기 때문에 참고 있었는데 이제는 자신도 어쩔 수 없는 상황이 되어 버렸다.

전쟁은 반드시 이겨야 했고 방법은 결국 제국의 힘을 빌리는 수밖에는 없었다.

제국에도 마스터는 많이 있었고, 그들의 힘을 빌려 승리를 하고 남는 것이 없다고는 하지만 그래도 어느 정도의 이득을 챙길 수 있을 것이라고 생각했다.

"당장 마법 통신을 하여 지원을 요청하게. 적에게 마스터가 그것도 중급의 마스터가 있다고 전하고 최대한 빠르게 지원을 해 주기를 바란다고 하게."

레스트 공작의 허락이 떨어지자 레이몬드 백작은 빠르게 대답을 하였다.

"실수 없이 처리를 하겠습니다. 공작 전하."

레이몬드도 이번 전쟁에 지게 되면 자신들이 설 자리가 없다는 것을 알고 있기에 자신들의 권력을 유지하려면 어쩔 수 없이 제국을 이번 전쟁에 개입하게 만들어야 했다.

그렇게 해서라도 전쟁에 승리를 하면 충분히 권력을 유지할 수 있었기 때문이다.

레스트 공작의 판단으로 인해 앞으로 전쟁의 상황은 이상하게 변하게 되었다.

브레인은 치료를 마치고 나오니 친구들이 가장 먼저 걱정스러운 눈빛을 하며 물었다.

"공작 전하, 어떠십니까?"

"완전히 치료를 하신 것입니까?"

"아, 이제 몸은 정상이 되었으니 걱정들 하지 마."

브레인은 친구들에게 고마웠다.

자신을 걱정해 주는 마음만으로도 이들의 존재는 힘이 되고 있었으니 말이다.

브레인은 친구들과 기사들을 대동하고 다시 성벽 위로 갔다.

성벽 위에는 많은 귀족들과 지휘관들이 인사를 하였다.

"공작 전하, 승리를 축하드립니다."

"이번 전쟁에서 가장 공이 크신 분은 공작 전하이십니다."

귀족들은 입에 침도 바르지 않고 칭찬을 하고 있었다.

이들의 입장에서는 어쩔 수 없는 일이었다.

눈으로 직접 보니 이거는 대단하다는 정도가 아니었다.

엄청난 실력을 가진 공작이고 그의 수하들도 마스터가 몰려 있으니 절대로 밉보이고 싶은 마음이 없었던 것이다.

"고맙소."

브레인은 그런 귀족들의 인사를 간단하게 받으며 전방을 보았다.

전방에는 자신과 대전을 하면서 싸운 흔적들이 고스란히 남아 있었다.

브레인은 그런 흔적을 보며 아론의 죽음이 안타까웠다.

살아 있었으면 최고의 적수로 성장할 수 있는 인물이라는 생각이 들어서였다.

'아까운 인재가 죽었어.'

브레인은 그렇게 속으로 생각했다.

"적의 또 다른 반응은 없나?"

"예, 아직은 없습니다. 공작 전하."

"기사 대전은 세 명이 하는 것이 아닌가?"

"맞습니다. 하지만 마스터가 죽었으니 더 이상 기사 대전을 할 이유가 없어졌겠지요."

기사 대전에서 보인 마스터의 무위는 모두가 잊지 못할 정도로 대단한 것이었다.

브레인은 바이탈 왕국의 진영을 바라보았다.

에레나를 만나고 나서 자신은 예전과는 거의 두 배에 가깝게 강해졌다.

전에는 마스터 중급의 실력이었다면 이제는 상급의 실력보다는 강하고 최상급은 아닌 그런 실력이 되어 있었다.

그리고 가장 중요한 것이 자신이 가지고 있는 기운이 보통의 마스터가 가지고 있는 마나보다도 강하기 때문에 최상급의 마스터를 만나도 절대 지지 않을 자신이 생겼다.

"체리스 후작. 이번에는 우리가 기사 대전의 상대를 보내도록 하시오."

"아니, 기사 대전을 계속하라는 말씀이십니까?"

"상대를 도발하려면 확실하게 해야 하지 않소?"

브레인의 말이 무슨 뜻인지를 알아들은 체리스 후작은

빠르게 대답을 하였다.

"예, 알겠습니다. 공작 전하."

체리스 후작도 전쟁을 길게 끌고 싶은 생각은 없었다.

그러니 기사 대전으로 확실하게 정리를 하여 바이탈 왕국의 패배를 병사들이 인정하게 만들려고 하는 브레인의 의도를 알아들었다.

"기사에는 우리도 이번에 마스터를 내보이지. 또 다른 마스터가 보이면 저들의 반응이 궁금하기도 하고 말이야."

브레인의 말에 체리스 후작은 확실한 방법이라는 것을 알았다.

적에게는 공포를 아군에게는 사기를 키우는 결과였기 때문이다.

"적의 진영에도 아직 마스터가 남아 있지 않겠습니까?"

"있겠지만 우리도 충분히 승산이 있으니 걱정하지 마시오."

브레인은 아론과 대결을 해 보고 알렉스를 내보낼 생각이었다.

알렉스는 친구들 중에 가장 강한 검술 실력을 가지고 있었고, 아론과 충분히 승부를 볼 수 있을 것이라는 생각이 들었다.

알렉스에게는 아론보다는 뛰어난 검술이 있으니 다른

마스터가 나와도 승산이 있다고 판단한 브레인의 승부였다.

"알렉스, 이번에 직접 나가 적을 상대하라."

알렉스는 갑자기 자신을 지목하며 나가라는 말을 하는 브레인을 보며 흥분을 감추지 못하는 표정으로 대답을 하였다.

"예, 공작 전하!"

알렉스의 대답에 친구들은 부러운 시선을 보냈다.

"나가서 확실히 처리를 해라."

"걱정하지 마십시오. 공작 전하."

알렉스는 브레인의 말에 빠르게 밑으로 내려갔다.

밑에는 이미 말이 준비가 되어 있었고 알렉스는 바로 말을 올라 크게 고함을 쳤다.

"성문을 열어라."

그그긍.

성문이 열리는 소리가 들리며 알렉스는 말을 몰아 나갔다.

두두두.

알렉스는 바이탈 왕국군이 진영과 거리를 두고 크게 외쳤다.

"나는 헤이론 왕국의 브레인 공작 전하의 기사 알렉스라고 한다. 기사 대전은 세 번인데 아직도 기사가 나오지 않아 이번에는 우리가 먼저 나왔으니 나를 상대할 기사는 나오너라."

알렉스는 정중하게 말을 하려고 하다가 그러면 이들이 나오지 않을 것을 염려하여 도발을 목적으로 상대를 무시하는 발언을 하였다.

바이탈 왕국군이 있는 진영에서는 알렉스의 말에 기사들이 분노에 떨었다.

"저… 저놈이 감히 우리에게 도발을 하고 있는 것이냐?"

"이… 이놈을 당장에 죽여 버리고 싶다."

기사들은 자신이 나가고 싶었지만 아직 명령이 없으니 나가지 못해 발을 굴리며 화를 내고 있었다.

레스트 공작은 이번에는 적이 도발을 하는 것에 차가운 미소를 지었다.

"크크크, 마스터를 죽이고 나니 이제 정신을 차리지 못하는 것 같구나. 이번에 확실히 마스터의 두려움을 기억하게 해 주마. 메리트 당장 나가 저놈의 목을 베어 오라."

메리트도 친구인 아론이 죽어 기분이 좋지 않았는데 상대의 기사가 도발을 하자 화가 나 레스트 공작의 명령이 떨어지자 바로 대답을 하였다.

"걱정하지 마십시오. 당장 가서 목을 베어 오겠습니다. 공작 전하."

메리트는 아론을 실고 왔던 말에 그대로 올라타고는 알렉스가 있는 곳으로 달려갔다.

바이탈 왕국군의 진영에서는 이번에도 마스터가 나가는 것을 보고 기사들도 이번에는 승리를 할 것이라고 믿고 있었다.

'마스터가 두 명인 것을 모르고 있으니 저렇게 행동하지. 이번에는 너희들도 당해 봐라. 우리의 기분이 어떤지 말이다.'

기사들은 속으로 모두 그렇게 생각하고 있었다.

메리트는 말을 달려 알렉스가 있는 곳에 도착을 해 보니 상대는 자신의 생각과는 다르게 자신과 같은 마스터의 경지에 도달한 기사였다.

'헉! 도대체 헤이론 왕국에는 얼마나 많은 마스터가 있다는 말인가?'

메리트는 상대를 확인하자 속으로 상당히 놀라고 있었다.

바이탈 왕국이 이번에 전쟁을 하려는 이유가 바로 마스터가 탄생하여 승리를 할 수 있다는 생각에서 시작한 일이었는데, 상대국인 헤이론 왕국에도 마찬가지로 마스터가 있었으니 놀라지 않을 수가 없었다.

"반갑소. 나는 알렉스라고 하오. 그대도 마스터의 경지에 도달한 사람이니 최선을 다해 주실 것이라 믿겠소."

알렉스의 말에 메리트는 더 이상 놀라고 있을 시간이 없다는 것을 깨달았다.

"알겠소. 그대의 경지에 경의 표하오."

상호 간의 인사를 마치고 검을 뽑았다.

스르릉.

알렉스는 브레인이 해 준 말이 생각이 났다.

"적이 강하기는 하지만 우리가 알고 있는 검술로 충분히 이길 수 있는 상대이다. 하지만 절대 상대를 무시하지 말고 최선을 다해 상대를 해야 한다. 방심은 죽음과 연결이 되어 있으니 말이다."

알렉스는 브레인의 말에 따라 방심을 하지 않기로 마음을 굳게 먹었다.

'절대 방심을 하지 말자.'

알렉스의 그럼 마음은 눈빛에 나타나고 있었다.

상대가 진심으로 자신을 대하고 있다는 것을 느낀 메리트도 최선을 다하기로 마음을 정했다.

오늘 이 자리에서 죽을지는 모르지만 최선을 다하고 싶었다.

쉬이익!

메리트의 공격은 처음의 공격치고는 의외의 공격이었다.

알렉스도 상대의 공격에 준비를 하고 있었기에 바로 방

어를 시작했다.

챙챙챙.

화르르.

메리트의 오러 블레이드는 화염과 같은 뜨거운 색깔인 붉은색이었다.

알렉스는 상대의 오러를 보고는 빠르게 자신도 오러 블레이드는 만들었다.

알렉스의 오러 블레이드는 하늘처럼 푸른색을 가지고 있었다.

오러의 색은 아마도 마나 호흡법에 따라 달라지는 것 같았다.

둘 다 오러 블레이드를 만들어 상대를 하고 있으니 바이탈 왕국의 진영에는 다시 난리가 났다.

"어? 헤이론 왕국의 기사도 마스터의 경지이다."

"헉! 헤이론도 마스터가 두 명이나 있었네?"

기사들이 놀라는 것은 레스트 공작이 놀라는 것과는 천지 차이였다.

꽝!

"또 마스터라니? 이게 도대체 말이 되는 일이라고 생각하는가?"

레스트 공작은 만약에 헤이론 왕국에 마스터가 있다는 정보가 있었다면 절대로 전쟁을 시작하지 않았을 것이다.

그런데 헤이론 왕국의 정보를 책임지고 있는 수하의 말을 듣고 전쟁을 시작하였는데 적도 자신들과 마찬가지의 아니, 더 많을지도 모르는 마스터를 데리고 있는 것이 눈으로 확인이 되니 미칠 것 같은 심정이었다.

레스트 공작의 발광에 주변에 있던 수하들도 주춤거리며 뒤로 물러나고 있을 정도였다.

레이몬드 백작도 상대의 전력이 생각과는 다르게 엄청난 것이 마음에 걸리는지 인상이 찌그러지고 있었다.

"지금 당장 정보를 책임지고 있는 레이프 자작을 불러라."

레스트 공작은 도저히 참을 수가 없는지 정보를 책임지는 귀족을 불렀다.

"공작 전하. 잠시 이성을 찾으십시오. 레이프 자작은 지금 미첼 공작에게 연락을 하기 위해 가 있습니다."

"아니, 그대는 그런 중요한 일을 레이프 같은 자에게 맡긴다는 말인가?"

레스트 공작은 지금 이성을 잃었는지 할 말과 못할 말을 구분하지 못하고 있었다.

레이몬드 백작은 그런 공작을 보며 충분히 이해를 하고 있었지만, 지금은 전쟁 중이니 저러면 곤란해지기 때문에 다시 차분하게 공작을 설득하였다.

"공작 전하, 아직 전쟁이 끝난 것이 아닙니다. 제국에서 도움을 주면 저희는 승리를 할 수 있습니다."

레이몬드 백작의 노력에 레스트 공작은 이성을 찾았는지 터지는 화를 참으려고 애를 쓰고 있었다.

"휴우, 그래 아직 전쟁에 진 것은 아니지."

레스트 공작이 진정을 하자 레이몬드 백작도 속으로 한숨이 나왔다.

'공작 전하께서 저러는 이유는 충분히 이해가 간다. 나라도 레이프 자작을 그냥 두지 않았을 것이니 말이다.'

레이몬드 백작은 레이프 자작이 정보를 모은다고 가지고 간 자금이 엄청났기에 정보는 확실할 것이라고 믿고 있었는데, 막상 전쟁이 시작되니 의외의 결과를 맞이하고 있어 당연히 화가 났다.

그렇다고 전장에서 저런 모습을 보여 주는 것은 그리 좋은 일은 아니니 일단 진정을 시키고는 있지만, 레이프 자작의 미래는 좋지 않게 될 것은 알고 있었다.

바이탈 왕국의 진영에서 레스트 공작이 화를 내고 있을 때, 알렉스와 메리트는 최선을 다해 상대를 공격하고 있었다.

붉은 오러와 푸른 오러는 충돌을 하며 엄청난 파장을 일으켰다.

꽈르르릉.

쾅, 쾅.

오러 블레이드의 충돌은 마스터의 대전이라는 느낌이 들게 주변에 보고 있는 사람의 심장을 떨리게 하고 있었다.

브레인이 상대할 때와는 또 다른 광경이었다.

알렉스는 이제 최후의 검술을 준비하고 있었다.

"챠앗!"

알렉스의 공격이 전과는 다르다는 것을 느낀 메리트도 최선을 다해 마지막 비기를 펼쳤다.

"하앗!"

꽝, 꽝.

꽈르르르.

마나의 충돌은 돌풍을 불렀고 주변을 초토화시켜 나갔다.

"크으윽! 과연 강한 검술이요."

"으윽! 그대의 마지막 비기도 훌륭했소."

두 사람은 상대의 마지막 공격에 부상을 입었는데 메리트의 부상은 심하여 생명이 끝나 가고 있었다.

양진영은 마스터 둘이 그대로 쓰러져 있는 것을 보고는 빠르게 두 사람을 데리고 가기 위해 기사들이 달려갔다.

두두두.

알렉스는 더 이상 마나를 움직일 힘도 없어 그냥 누워 하늘을 보고 있었다.

역시 마스터의 대결은 자신에게 새로운 세계를 보게 해 주었다.

목숨을 걸고 하는 대결은 알렉스에게 더 많은 검술의 경지를 보여 주었고 알렉스는 자신의 부족함을 느끼고 있었다.

'하하하, 확실히 세상은 넓구나. 내 반드시 검술의 끝을 보고야 말 것이다.'

알렉스는 그렇게 다짐을 하였다.

언제인지는 모르지만 반드시 검술의 마지막을 이루고 싶었다.

양측의 기사단은 도착하자마자 쓰러져 있는 알렉스와 메리트를 데리고 떠났다.

기사 대전에는 쓰러진 기사를 상대로 공격하지는 못했다.

이는 비겁한 행동으로 대륙 모든 기사들에게 조롱을 당하게 되기 때문이었다.

그리고 스스로 기사라고 하면서 그런 비겁한 짓을 하는 기사는 없었다.

적어도 전장에서 남들이 보고 있는 눈길이 많은 곳에서는 말이다.

알렉스는 부상을 입어 성안으로 들어왔다.

"알렉스! 리커버리!"

엔더슨은 알렉스의 부상이 생각보다는 심하다는 것을 알고는 바로 치료 마법을 사용했다.

알렉스는 엔더슨의 마법으로 인해 조금 부상에서 회복이 되기는 했지만 내상은 마법으로 치료를 하지 못했다.

"으윽! 고맙다. 엔더슨."

"그래도 다행이다. 죽지 않아서 말이다."

엔더슨은 마스터들의 대결을 보고 많은 것을 생각하게 되었다.

지금 시대에는 마법사들이 그리 많지가 않아 전쟁에 마법을 사용하는 경우가 그리 많지가 않았다.

제국이 전쟁을 한다면 모를까.

특히 고위 마법사의 수는 지금도 얼마 되지 않기 때문에 마법사들의 가치는 엄청나게 높았다.

엔더슨은 공격 마법을 배우면서 기사들과 전투를 어찌할 것인가를 생각하고 있었는데, 이번에 마스터의 대결을 보고는 정말 많은 것을 배울 수가 있었다.

마법사는 기사와는 무조건 거리를 두고 전투를 해야 승산이 있다는 것을 말이다.

"알렉스 님 만세!"

"브레인 공작 전하 만세!"

"헤이론 왕국 만세!"

엔더슨이 알렉스를 치료하는 사이에 병사들과 기사들의

함성은 크게 질렀다.

이제 왕국에 마스터가 있다는 사실을 알게 되었으니 이들도 승리를 하겠다는 생각이 들어서였다.

적의 마스터는 이겨 승리를 하였으니 이는 병사들에게는 엄청난 힘을 주고 있었다.

브레인은 병사들의 사기를 보고 조용히 파넬 자작을 불렀다.

"파넬 자작은 어디에 있는가?"

"지금 병사들과 함께 있습니다. 공작 전하."

"그를 당장 부르게."

"예, 공작 전하."

제이슨 단장은 브레인의 명령에 빠르게 움직였다.

제이슨은 두 번의 마스터 대결에서 정말 가슴을 울리는 감동을 느끼고 있었다.

자신이 모시고 있는 주군이 얼마나 강한지를 알게 되었고 그를 따르는 기사들이 얼마나 대단한지를 느끼게 되어서였다.

제이슨은 그러면서 자신도 반드시 마스터가 되어 주군을 따라 전장에 서고 싶었다.

지금은 약해서 곤란하지만 말이다.

제이슨의 이런 생각이 훗날 그를 마스터의 경지에 도달하게 만드는 계기가 되었다는 것을 지금은 모르고 있었다.

파넨은 브레인이 찾는다는 소리를 듣자 최대한 빨리 달려갔다.

"헉, 헉, 공작 전하 찾으셨습니까?"

브레인은 파넨 자작을 보고는 웃음이 나왔다.

"하하하, 국경성의 책임자가 그렇게 숨차게 달려서야 되겠소."

파넨 자작은 브레인의 말에 얼굴을 붉혔다.

브레인은 그런 파넨 자작을 보며 참 재미있는 사람이라는 생각을 하였다.

"전에 내가 이야기한 것은 어찌 되었소?"

파넨 자작은 브레인의 말에 무슨 뜻인지를 파악하지 못했는지 의문스러운 눈으로 브레인을 보았다.

"무슨 일을 말씀하시는지요?"

"아니, 전에 내가 이곳의 지형을 하는 병사와 기사를 준비하라는 지시를 내리지 않았소."

"아, 언제든지 명령만 내리십시오. 항상 대기 중에 있습니다. 공작 전하."

"내일 밤에 지시를 내릴 것이니 미리 준비를 하고 있도록 하시오."

"예, 알겠습니다. 항상 만반의 준비를 하고 대기하겠습니다. 공작 전하."

브레인은 파넨 자작의 대답을 들으며 고개를 끄덕였다.

이제 이 전쟁의 마지막을 마무리할 때라고 생각하고 있는 브레인이었다.

이번 전쟁의 마무리는 야간에 기습을 하는 것으로 하려고 하였다.

이미 사기가 떨어진 적군의 진영이니 야간에 기습을 하면 충분히 피해를 입히게 될 것이고 승리도 가능하다는 것이 브레인의 생각이었다.

브레인이 자신의 계획을 다시 세부적으로 세우기 위해 엔더슨과 지휘관들을 소집하였다.

"지금 당장 지휘관들을 소집하게."

"예, 공작 전하."

헤이론 왕국의 국경성에는 브레인의 명령에 많은 귀족들과 지휘관들이 모이고 있었다.

바이탈 왕국의 진영에는 지금 초비상이 걸려 있었다.

메리트의 부상이 너무 심해 두 번 다시는 검을 잡을 수 없을 지경이었기 때문이었다.

"마스터의 대전에서 입은 부상이 검을 잡을 수 없을 정도라고 하옵니다. 공작 전하."

꽝! 우당탕!

레스트 공작은 눈앞에 있는 탁자를 발로 걷어차며 화를 냈다.

"도대체 우리가 가지고 있는 헤이론 왕국의 정보는 어디까지 맞는 것인가? 어째서 많은 돈을 투자하여 얻은 정보가 이런 것이란 말인가?"

레스트 공작은 정말 미쳐 버릴 것 같은 기분이었다.

수하에 있는 두 명의 마스터를 보고 전쟁을 시작하였는데, 그 두 명의 마스터가 이제는 두 번 다시는 사용하지 못하는 패로 변해 버렸으니 미치지 않으면 다행이었다.

"죄송합니다. 공작 전하."

"레이몬드 백작, 이제 더 이상 다른 방법은 없으니 제국의 개입을 적극적으로 계획하게. 설사 우리가 얻는 것이 없어도 이 전쟁에서는 반드시 승리를 해야 하네. 아니면 우리는 어디에도 설 자리를 잃고 말 것이네."

레스트 공작은 모든 것을 버렸는지 차분한 목소리로 지시를 내리고 있었다.

레이몬드 백작은 공작의 참 모습을 이제 찾았다고 생각을 하고 있었다.

'저런 모습이 공작 전하의 참다운 모습이다. 저 모습에 반해 저분을 따르는 것이 아닌가.'

레이몬드 백작은 그렇게 생각하고는 바로 대답을 하였다.

"카이라 제국의 미첼 공작가에는 이미 연락을 하였습니다. 그리고 연락을 받기는 그들이 이번 전쟁에 대대적인 지원을 해 주겠다는 약속을 해 주었습니다."

레이몬드 백작의 말에 레스트 공작은 비릿한 미소를 지었다.

"크크크, 결국 나에게는 왕좌를 허락하지 않겠다는 것인가?"

레스트 공작의 말에 레이몬드 백작도 고개만 숙이고 있었다.

카이라 제국이 개입되면 바이탈 왕국은 전쟁을 시작하고도 남는 것이 없는 입장이 되기 때문이었다.

다만 어느 정도는 인정을 해 주겠지만 그것만으로는 손해를 만회할 방법이 없어서였다.

미첼 공작가의 가신들은 지금 모두 모여 회의를 하고 있었다.

"바이탈 왕국이 헤이론 왕국에 전쟁을 선포하였지만, 헤이론 왕국에 복병이 있어 완전히 기가 꺾였다고 합니다. 공작 전하."

"크하하하, 바이탈 왕국의 입장에서는 죽을 맛이겠군그래."

"예, 지금 저희에게 지원을 부탁한다는 통신이 와 있습니다."

"그런데 헤이론 왕국에 마스터가 있다는 정보는 우리에

게도 없었던 것 같은데?”

미첼 공작은 대륙의 모든 정보를 원하고 그렇게 키웠다.

그런 정보부에서 정보가 없었다면 이는 그동안 정보부가 놀았다는 이야기였다.

미첼 공작은 그런 점을 따지고 있었다.

“공작 전하, 저희가 헤이론 왕국의 사정에 조금 어두웠던 것은 사실이지만 이번에 헤이론 왕국의 마스터는 왕국의 명예 공작으로 있는 자라고 하옵니다. 즉, 다른 나라의 귀족이 마스터가 되어 왕국의 명예 공작이 되었으니 저희의 정보에 걸리지 않은 것입니다.”

정보부의 말을 들은 미첼 공작은 금방 이해를 했다.

“이해는 가지만 그래도 그대들이 그런 정보에 어두운 것은 사실이다. 이번은 그냥 넘어가지만 다음에도 이런 일이 생기게 되면 결과는 스스로 생각하기 바란다. 알겠나?”

“예, 공작 전하.”

대답을 하는 정보부 수장의 몸은 부르르 떨고 있었다.

카이라 제국은 강자가 우선인 그런 나라였다.

그러니 강자의 말은 바로 법이라는 말이었다.

“테니 백작은 이번 바이탈 왕국의 전쟁에 얼마나 지원을 보내야 한다고 보는가?”

"제국의 이름이 있으니 적어도 마스터 급을 보내야 하지 않겠습니까."

"마스터를 파견하자라……."

미첼 공작은 무언가 깊은 생각이 잠겨 들었다.

이번 전쟁에 자신이 얻을 이득을 생각하고 있을 것이다.

"그러면 기사만 보내도 되겠는가?"

"예, 제가 보기에는 병력은 왕국의 병력이라면 충분하다고 봅니다. 아마도 부족한 것이 기사들이라고 보였습니다. 그것도 실력이 있는 기사라면 바이탈 왕국이 입장에서는 환영할 일이겠지요."

테니 백작은 전쟁의 상황을 이미 보고를 받고 있었기에 예리하게 상황을 판단할 수가 있었다.

"그러면 우리 기사단을 파견하는 것으로 하지. 폭풍 기사단을 보내면 어떤가?"

"폭풍 기사단이라면 너무 과하게 도움을 주는 것이 아닌지요?"

폭풍 기사단이라는 말에 가신들도 놀라는 얼굴이었다.

제국 제일의 기사단이라는 소리를 듣고 있는 폭풍 기사단은 모두가 익스퍼트 중급과 상급으로 이루어진 기사단이었다.

그 안에 마스터만 해도 세 명이나 있으니 정말 대단한

기사단이라는 소리를 들을 정도였다.

물론 기사단에 마스터가 있는 사실은 가문의 비밀로 취급이 되어 아직은 아무도 모르고 있는 일이었다.

“아니야, 도움을 주려면 확실하게 주어야 얻는 것도 그만큼 커지는 것이야.”

미첼 공작의 말에 테니 공작은 감탄을 하였다.

“그렇군요. 알겠습니다. 폭풍 기사단을 파견하는 것으로 하겠습니다. 공작 전하.”

“그래, 나머지는 테니 백작이 알아서 처리를 하게.”

“예, 공작 전하.”

카이라 제국의 가장 강한 가문이라는 미첼 공작가의 문이 열리면서 일단의 기사단이 떠나고 있었다.

그 이름도 유명한 폭풍 기사단이었다.

9.
기습의 묘미

브레인은 모든 지휘관들이 모여 있는 곳에 도착을 하였다.

지휘관들은 그런 브레인을 향한 존경의 눈빛을 보내고 있었다.

"공작 전하, 모든 지휘관들이 모두 모였습니다."

"그럼, 작전 회의를 시작하지."

엔더슨은 이미 브레인과 야간에 기습을 하는 이야기에 대한 토의를 하였기에 이번 작전 회의는 엔더슨이 주관을 하기로 하였다.

"모두 모이셨으니 작전의 내용을 말하겠습니다. 우리가 기사 대전을 하여 승리를 하였다는 것은 모두가 아시고 계실 것입니다. 우리의 승리는 상대의 기를 꺾어 주는 결과였습니다. 해서 이번에 확실한 승기를 잡기 위해 오늘 밤에 기습을 하기로 하였습니다. 적은 지금 기사 대전의 패배로 인해 사기가 말이 아닙니다. 우리는 이런 절호의 기회를 이용하여 기습을 하게 되면 충분히 승산이 있다고 생각이 됩니다."

엔더슨의 긴 연설을 듣고 있던 지휘관들은 놀란 얼굴을 하고 엔더슨을 보게 되었다.

전시라는 긴급 상황이니 비겁이라는 말이 통하지 않는 시기였고 지금이 엔더슨의 말대로 기회라는 것은 모두가 느끼고 있었다.

그런데 기습을 생각하는 지휘관은 아무도 없었다.

자신들은 이번 승리에 빠져 있었는데 저런 작전을 짜고 있을 줄은 생각도 못했으니 말이다.

"저는 기습에 찬성입니다. 이번에는 확실한 기회이니 이를 적절하게 이용하는 것이 바로 전략입니다."

체리스 후작이 가장 먼저 찬성을 하였다.

"저도 기습 공격에 찬성입니다."

수도의 경비대를 책임지고 있는 자이넨 자작도 찬성을 하였다.

자신이 보기에도 절호의 기회라는 것을 느꼈기 때문이었다.

이런 기회를 이용하면 이는 엄청난 전과를 얻을 수 있는데 이를 버리는 것은 멍청한 짓이었다.

이렇게 대부분의 지휘관들이 찬성을 하고 나머지는 그냥 찬성도 반대도 아닌 상태로 있었다.

"이번 작전은 야간에 기습을 하는 것이니 이곳의 지리를 알고 있는 기사나 병사의 도움이 반드시 있어야 하오. 해서 이미 파넨 자작에게 그런 기사와 병사들을 준비해 두라고 지시를 내렸으니, 모두 그리 알고 기사와 병력을 준비해 주시오. 내 생각에는 일만의 병력과 기사단이 나가면 될 것 같은데 말이오."

브레인이 말에 지휘관들은 의문스러운 눈빛을 하고 있었다.

기습이라고 하였는데 일만의 병력을 어찌 이동시킬 것이며 그 많은 인원으로 어떻게 기습을 한다는 말인지 이해가 가지 않았다.

"공작 전하, 기습을 하는데 일만의 병력을 이동시키려면 적의 시선에 걸리게 되는데 어찌 기습을 하시겠다고 하시는 것입니까?"

체리스 후작의 말에 다른 지휘관들도 같은 생각인지 의문스러운 눈이었다.

"후후후, 일만의 병력을 움직이면 당연히 적도 알게 되겠지만, 우리에게는 일루션 마법을 하는 마법사가 있으니 가능한 일이오."

일루션 마법은 6서클의 마법으로 고위 마법사가 아니면 사용하지 못하는 마법이었다.

그런데 브레인이 그런 고위 마법사가 있다고 하니 지휘관들은 의문스러운 눈빛이 되었다.

브레인은 이참에 확실히 엔더슨을 키워 주기로 마음을 먹었는지 엔더슨을 보며 지휘관들에게 소개를 해 주었다.

"여기 있는 엔더슨 경이 바로 6서클의 마법사요."

엔더슨은 이제 6서클의 경지에 도달하였지만, 아직 브레인에게는 말을 하지 않았는데도 자신이 6서클에 올랐다는 알고 있어 조금 놀란 얼굴이었다.

하지만 금방 정신을 차리고 지휘관을 보며 정중하게 인사를 했다.

"방금 소개를 받은 6서클 마법사인 엔더슨입니다."

엔더슨의 인사에 지휘관들은 브레인이 마치 괴물 같은 사람으로 보게 되었다.

수하에 있는 사람들이 하나같이 엄청난 실력을 가지고 있으니 놀라지 않을 수가 없었다.

"저… 정말 6서클의 고위 마법사입니까?"

"그렇습니다. 확실히 6서클입니다."

지휘관들은 엔더슨의 말에 확실히 고위 마법사라는 것을 알 수 있었다.

자신의 실력을 속였다면 아마도 오늘 밤에 바로 들통이 나게 되는 일이니 거짓말을 할 이유가 없어서였다.

"방금 확인을 했겠지만 이번 기습에 고위 마법사의 도움을 받아 하는 것이니 모두 최대한 준비를 해 주시기 바라오."

"예, 알겠습니다."

지휘관들은 마법사의 도움을 받을 수 있다면, 기습도 충분히 가능하다고 생각하고 있었다.

그것도 고위 마법사의 도움이니 절대적으로 믿음이 갔다.

현시대의 마법사는 가장 높은 서클이 7서클이었는데, 그런 대마법사는 전쟁 같은 곳에는 참여를 하지 않았다.

대륙에서 가장 강하다고 알려진 카이라 제국에도 황실 마법사가 6서클의 경지였다.

왕국에서는 5서클만 되어도 왕실의 수석 마법사가 될 정도이니 말이다.

브레인이 대륙의 그런 사정을 알고 엔더슨에게 7서클의 마법서까지만 주었지만 필요 하다면 8서클도 주려는 마음을 가지고 있었다.

8서클을 배우려면 일단 7서클을 익혀야 가능하겠지만 말이다.

그리고 엔더슨이 익히고 있는 마법은 고대 제국에서 사

용하던 마법이라 지금 시대에는 없는 마법도 많았다.

엔더슨이 마법사를 양성하게 되면 아마도 대륙에서 가장 많은 제자가 생기게 될지도 몰랐다.

어두운 밤 국경성의 남쪽에 있는 성문이 소리 없이 열리기 시작했다.

문이 열리며 그 안에서는 빠르게 성문을 벗어나는 무리들이 있었다.

"조용히 이동을 한다."

"예, 기사님."

성문을 벗어나는 무리는 바로 파넨 자작이 고른 기사와 병사들이었다.

이들의 뒤에는 엔더슨과 피터가 따라붙고 있었다.

엔더슨을 보호하기 위해 피터가 함께 움직이고 있었다.

엔더슨은 바이탈 왕국군이 있는 곳으로 이동을 하여 환영 마법을 이용하여 병사들이 이동하는 것을 속이려고 하였다.

엔더슨과 일행은 신속히 이동을 하였고 바이탈 왕국군이 있는 지점까지 걸리지 않고 도착을 할 수가 있었다.

"잠시만 기다리고 있게."

"예, 주변을 정찰만 하겠습니다."

"아니, 그러지 말고 그냥 숨어서 대기를 하고 있게."

피터는 기사들이 아무리 빨라도 정찰을 하면 혹여 걸리

는 일이 발생할 것을 염려하여 하는 말이었다.

피터의 지시로 기사들과 병사들은 은밀히 몸을 숨겨 적에게 발각이 되지 않도록 조심을 하고 있었다.

엔더슨은 마법진을 설치하기 위해 바쁘게 움직였다.

한참의 시간 동안 움직인 엔더슨이 이마에 흐르는 땀을 닦으며 피터를 보며 고개를 끄덕였다.

피터는 다른 곳으로 이동을 하기 위해 기사들과 병사들을 데리고 다시 이동을 시작하였다.

오늘 마법진을 설치하는 곳은 모두 세 곳의 장소였는데 시간이 없으니 빠르게 움직일 수밖에 없었다.

엔더슨과 일행은 빠르게 마법진을 설치하기 위해 이동을 하였고 마침내 원하는 세 곳의 마법진을 모두 설치하게 되었다.

엔더슨은 마법진이 설치되자 바로 성으로 병사를 보냈다.

"자네는 최대한 빨리 성안으로 가서 준비를 마쳤다고 전하게. 정확하게 십분의 시간이 지나면 이동을 하라고 하게."

"알겠습니다. 마법사님."

병사는 엔더슨이 마법사라고 믿고 있었다.

브레인은 야간에 기습을 기사들과 병사들을 모여 있는 곳으로 갔다.

이제 시간이 다 되었으니 기습을 나가야 했다.

"모두 준비를 마쳤습니다. 공작 전하."

"수고하였소. 이제 연락이 오면 바로 출발을 하도록 합시다. 오늘 기습에 대한 것은 모두 숙지하고 있소?"

"예, 확실하게 숙지하고 있습니다."

야간에 기습을 하는 것은 상당히 위험하기는 하지만 적에게는 많은 피해를 줄 수 있는 방법이었기에 적군과 아군을 구분해야 조금이라도 피해를 줄일 수가 있었다.

그래서 기습을 하는 병사들과 기사들에게 모두 공통적으로 백색의 머리띠를 하고 기습을 하게 만들었다.

기사들은 기습을 하는 동시에 최대한 적의 지휘관을 죽이는 임무를 맡았다.

병사들은 불을 질러 상대가 바로 방어를 하지 못하게 하여 적군이 혼란스럽게 만드는 임무였다.

"공작 전하, 연락병이 도착하였습니다. 십분 후에 출발을 하면 된다고 합니다."

"기습하는 병사와 기사에게 지시를 내려 십분 후에 성문을 열고 출발을 하라고 지시를 내려라."

"예, 공작 전하."

국경성의 성문이 열려 있는 것을 적의 진영에서는 야간에 확인하기 힘들었다.

거리도 있고 야간에 성문을 열고 나올 것이라고는 생각

지 못하고 있는 모양이었다.

그보다는 오늘 기사 대전의 결과가 더 이들의 사기를 떨어지게 하였을 것이지만 말이다.

브레인과 기습 병력은 빠르게 성문을 빠져나가고 있었다.

엔더슨은 마법진을 활성화시켜 적이 아군을 발견하지 못하게 환상을 만들었다.

"발동!"

엔더슨의 말에 세 곳의 마법진에서는 아지랑이 같은 마나의 기운이 퍼지면서 주변에 자욱한 안개를 만들었다.

하지만 안개는 어두운 밤에 만들어지니 아무도 눈치를 채는 사람은 없었다.

바이탈 왕국군도 경계는 철저히 서고 있기에 접근을 하는 것이 그리 쉬운 일은 아니었다.

엔더슨이 오늘 이들이 있는 곳에 마법진을 설치하게 된 것도 모두 기사들과 병사들의 도움 때문이었다.

기사들과 병사들은 이곳의 지리에 대해서는 잘 알고 있어 오는 도중에 걸리는 일이 없을 수가 있었다.

마법진이 발동되니 이제 경계병에게 보이는 것은 조금 전의 모습 그대로 보이고 있었다.

환상 마법의 장점은 어둠을 이용하여 사용하면 더욱 효과를 볼 수 있었는데, 엔더슨이 그 점을 이용하여 마법진을 설치하여 아군에 도움을 주고 있었다.

브레인과 병력은 빠르게 접근을 하였는데 아직도 적의 반응을 보이지 않아 마법진이 성공하였다는 것을 알게 되었다.

"공작 전하, 이제 거의 도착을 하였으니 말을 타는 것이 좋을 것 같습니다."

"모든 병사들과 기사들에게 말에 오르라고 하시오."

"예, 공작 전하."

기습은 빠른 기동력이 있어야 하기 때문에 브레인은 성안에 있는 기마병과 기사들 중에 선별을 하여 데리고 온 것이다.

브레인의 지시로 기사들과 병사들은 모두 승마를 하여 준비를 마쳤다.

"체리스 후작, 다른 곳으로 간 병력도 준비를 마쳤는지 확인해 보시오. 이번 일은 동시에 공격하는 것이 가장 중요한 일이니 말이오."

"알겠습니다. 마법 통신구를 가지고 갔으니 바로 통신을 하면 됩니다."

이번 일을 하기 위해 성안에 있는 통신구를 가지고 이동을 하였기에 통신하는 것은 그리 어렵지 않았다.

체리스 후작은 이번 기습에 많은 기대를 하고 있었다.

브레인이 갑자기 기습을 하자는 말을 할 때는, 병력의

차이가 많아 반대를 하려고 하다가 말을 듣고는 충분히 가능성이 있는 것이라 판단이 들어 찬성을 하게 되었기에, 그 성과를 무시할 수 없는 일이었다.

기습에 성공하여 많은 공을 세우려고 하는 기사들이 지금 수두룩하였기에 자신도 공을 세우고 싶었다.

전장에서 군인이 공을 세우기 싫은 사람은 아무도 없을 것이다.

이는 누구라도 마찬가지의 생각이었다.

체리스 후작은 통신을 마치고 브레인에게 가서 최종적으로 보고를 하였다.

"공작 전하, 준비를 마쳤다고 합니다."

"좋소. 그럼 정확하게 십분 후에 총공격을 할 것이니 동시에 시간을 맞추는 것을 잊지 마시오."

"예, 공작 전하."

시간은 흘러 십분의 시간이 지나자 브레인의 공격 명령이 떨어졌다.

"전군! 공격하라!"

"와아아! 공격하라!"

말을 타고 미리 준비를 마친 상태에서 일시에 쳐들어가는 모습은 적에게 엄청난 공포심을 주게 되었다.

"적이다. 적의 공격이다."

바이탈 왕국군은 갑자기 기습을 하는 헤이론 왕국군의

공격에 당황하여 진영이 난장판이 되고 있었다.

"어디서 공격을 하는 것이냐?"

"어디냐? 어디?"

바이탈 왕국군이 공격을 하는 곳을 정확히 모르는 이유는 헤이론 왕국군이 한곳을 공격하는 것이라 세 군데를 동시에 기습하였기 때문에 더욱 혼란스럽게 만들고 있었다.

일부의 기마병은 말 위에 있는 기름 주머니를 던졌고 그 뒤를 따르던 기마병은 자신들이 들고 있는 불을 적군의 막사나 식량 창고에 던졌다.

화르르륵.

불은 기름을 타고 순식간에 번지고 있었다.

"크아악"

서걱!

"아악!"

기사들은 적의 지휘관으로 보이는 귀족과 기사들은 눈에 보이는 대로 베어 버렸다.

"이놈, 죽어라."

"감히 우리 헤이론 왕국을 침공하였으니 죽어라."

기사들은 각자의 검으로 닥치는 대로 베고 이동하였다.

브레인이 기습을 하는 병력들에게 한 시간이라는 시간을 주었다.

그 시간이 지나면 적도 충분히 방어를 할 수 있을 것이라는 판단이 들어서였다.

기사들과 병사들은 시간을 지키라는 말을 떠나기 전부터 교육을 받았기에 적의 진영에서 충분히 마음껏 난리를 피울 수가 있었다.

"크아악!"

비명 소리는 더욱 많아지고 있으니 바이탈 왕국군의 지휘부가 있는 곳에서는 어디서 적이 공격하는지를 아직 알지 못하고 있었다.

"공작 전하, 헤이론 왕국군의 기습입니다."

"아니, 경계를 어찌하였기에 적이 기습을 하는 것도 모른다는 말인가?"

레스트 공작은 분통을 터트렸다.

기습을 받은 바이탈 왕국군의 진영 곳곳에 불이 나고 있는 것을 보니 미칠 것만 같았다.

"속히 적이 공격하는 곳으로 기사단을 보내라."

"예, 공작 전하."

기사단은 거의 중앙에 밀집이 되어 있었기에 기사단을 보내는 것은 그리 어려운 일이 아니었다.

"각 기사단은 적의 공격로를 찾아 이동을 하여 피해를 줄이도록 하라."

"예, 불의 기사단은 나를 따르라."

"화이트 기사단은 나를 따르라."

"피닉스 기사단은 이동한다."

바이탈 왕국이 자랑하는 기사단이 적을 막기 위해 이동을 하기 시작했다.

하지만 이미 헤이론 왕국군은 충분히 적을 죽이고 불을 질렀다.

적의 기사단이 움직이는 것을 본 브레인이 빠르게 지시를 내렸다.

"이제 그만 후퇴하라."

"후퇴하라. 후퇴하라."

헤이론 왕국군은 사전에 지시를 받은 대로 순식간에 후퇴를 하였다.

엔더슨은 마법진이 설치된 것을 적에게 걸리지 않도록 마법진에 모종의 제제를 가했기에 마법진이 있었다는 사실은 아무도 모르게 되었다.

물론 헤이론 왕국군은 알겠지만 말이다.

국경성의 성문에는 많은 병력들이 밀려오고 있었다.

"성문을 열어라. 아군이다."

그그긍.

성문이 열리면서 그 안으로 멈추지 않고 들어가는 헤이론 왕국군이었다.

그그긍.

기사들과 병사들이 모두 안으로 들어오자 성문은 다시 굳게 닫혔다.

체리스 후작은 오늘 기습이 대성공이었다는 것이 가슴을 떨리게 하고 있었다.

"공작 전하, 성공입니다."

"그렇습니다. 성공도 대성공입니다."

"적에게 입힌 피해가 얼마나 되는지 집계를 내어 보고를 하도록 하시오."

"예, 공작 전하."

브레인은 기습에 성공하여 흥분해 있는 지휘관들을 보며 담담한 눈빛으로 지시를 내렸다.

아직은 이런 정도의 피해로 바이탈 왕국군이 물러가지는 않을 것이라는 생각이 드는 브레인이었다.

삼면에서 기습을 하는 바람에 오늘 기습은 대단한 성과를 거두었지만 앞으로 이와 같은 성과를 보기는 힘들 것이라는 생각을 하는 브레인이었다.

브레인이 회의실에서 쉬고 있으니 이번 기습조의 지휘관들이 들어왔다.

"공작 전하, 오늘 적군이 입은 피해 상황을 조사했습니다."

"말해 보시오."

"오늘 적군을 기습하여 오만의 병사들과 오백의 기사와

귀족들을 죽였습니다. 그리고 적이 가지고 있는 군량의 절반에 해당하는 것을 태워 버렸습니다. 이 정도면 작전이 대성공입니다. 공작 전하."

수도의 방위군 사령관인 라빈 백작은 입가에 흐뭇한 미소를 지으며 보고를 하였다.

오늘 기습에 직접 참가를 하여 죽인 기사만 해도 무려 십여 명이 넘어서였다.

"오늘 우리가 기습을 한 것은 적이 방심을 하였기 때문이오. 아마도 이제 이런 기습은 적에게 통하지 않을 것이니 다른 방법을 찾아야 할 것이오."

"아니, 통하지 않는다니 왜 그렇습니까?"

체리스 후작은 브레인의 말을 듣고 이해를 하지 못했다.

이런 좋은 기습은 자주 사용을 하여 적을 자주 괴롭혀 주어야 한다고 생각하고 있었는데 갑자기 안 된다고 하니 이해를 하지 못해서였다.

"체리스 후작이 만약에 이번처럼 당했다고 생각해 보시오. 그러면 다음에도 적이 같은 방법으로 공격하지 않을 것이라 생각하시오? 아마도 적은 그런 생각을 하고 충분한 대비를 하고 우리를 기다리고 있을 것이오. 내가 생각하기로는 마법을 이용한 것도 어쩌면 간파하고 있을지도 모르니 말이오."

브레인의 설명에 지휘관들은 이해를 했다.

자신들도 오늘처럼 당하면 그 이유를 철저히 밝혀 다시는 당하는 일이 없도록 할 것이기 때문이었다.

적도 마찬가지의 입장이니 충분히 이해가 가는 말이었다.

"하지만 너무 아까운 방법이지 않는지요?"

"아깝다고 병사들을 죽일 수는 없는 일이 아니오."

브레인의 눈빛이 날카로워지자 바로 꼬리를 내리는 지휘관들이었다.

브레인은 그런 귀족들과 지휘관들을 보며 다시 입을 열었다.

"아무리 공이 좋지만 나는 병사들의 희생으로 공을 세우고 싶지는 않소. 모두 그렇게 아시고 오늘과 같은 좋은 방법이 있으면 언제든지 말을 하시오. 충분히 검토를 해보고 좋으면 바로 채택을 할 것이오."

브레인의 말에 귀족들은 약간 불만이 있었지만 지휘관들은 감동을 하는 눈빛이었다.

귀족들은 영지병에 대해 죽어도 그만이라는 생각이었지만, 지휘관들은 자신의 병사를 죽이면서까지 공을 세우려고는 하지 않아서였다.

귀족과 군인의 생각 차이였다.

군인도 귀족이지만 그래도 평생을 군과 함께 사는 귀족

이라 병사들을 생각하는 것이 귀족들과는 달랐다.

브레인은 지휘관들의 눈빛이 마음에 들었다.

'저런 자들이 있으니 헤이론 왕국은 아직 전망이 있어 보이는구나.'

브레인은 헤이론 왕국이 아직까지 대륙에 남아 있는 이유를 알 것 같았다.

"오늘은 시간도 늦었고 아무런 말이 없는 것을 보아 그만 쉬도록 하시오."

"예, 쉬십시오. 공작 전하."

"그만 물러가겠습니다. 공작 전하."

귀족들과 지휘관들은 그렇게 자리를 떠났다.

브레인은 모두 가고 없는 자리에 남아 혼자 조용히 생각에 잠겼다.

아직 전쟁은 시작도 하지 않은 상태였고 이제 시작을 하는 것인데 바이탈 왕국은 무슨 생각을 하고 있을지를 생각하게 만들었다.

이미 이번 전쟁에서 승리를 안겨 줄 것 같던 마스터는 아무런 도움도 주지 못하게 되었기에 이들이 물러가야 하는데, 아직도 갈 생각을 하지 않는 것은 무언가 이들이 전쟁을 유지할 방법이 있다고 판단이 되었다.

"도대체 이들이 믿고 있는 것이 무엇일까?"

브레인은 한참을 생각하다가 갑자기 카이라 제국이 생

각났다.

"그렇군, 카이라 제국군이 개입을 하기로 하였으니 이들이 아직 희망을 버리지 못하고 있는 것이구나."

브레인은 이제 확실히 이유를 알게 되었다.

오늘 기습을 하면서도 이왕이면 죽이는 것을 자제하려고 하였던 이유가 이들이 돌아가면 전쟁을 마무리할 수 있다는 생각에서였다. 그러나 기습을 하면서 보니 적은 돌아갈 생각을 하지도 않고 있어서 이상하게 마음을 무겁게 하였는데 이제 그 이유를 알게 되니 마음이 편해졌다.

"결국 제국군을 끌어들여 전쟁을 하려고 한다는 말이지."

브레인의 눈빛은 차갑게 변하고 있었다.

브레인에게는 카이라 제국이 그리 좋게는 보이지 않아서였다.

이번 기습의 성공은 헤이론 왕국에 소문이 났다.

국왕은 브레인이 기사 대전에서 승리를 한 것과 이번 기습을 지휘하여 성공하였다는 것에 크게 기뻐하였다.

"국경성에 있는 브레인 공작이 이번에 크게 승리를 하였다고 하니 이 얼마나 기쁜 일이오."

"그렇습니다. 기사 대전에서 적의 마스터를 두 명이나 물리친 것도 무시하지 못하지만 이번 기습에 성공을 하여 적의 군량을 절반을 태우고 병력과 기사, 그리고 귀족들을 포함하여 무려 오만이 넘는다고 합니다. 이는 실로 대단한 승리입니다. 폐하."

수도에 남아 있는 귀족들은 이번 승리로 인해 전쟁이 마무리되었다고 생각하고 있었다.

"폐하, 이제 바이탈 왕국은 패전을 하게 되었으니 이에 대한 보상만 처리하면 될 것입니다."

국왕은 이미 전쟁을 끝난 것처럼 말하는 귀족들이 조금 얄밉게 보였다.

자신들은 전장에 가지도 않으면서 저런 소리를 하고 있다는 것이 마음에 들지 않아서였다.

하지만 들려오는 전공은 국왕의 마음을 조금은 넓게 해주고 있었다.

"이번 전쟁에 크게 공을 세운 브레인 공작에게는 어찌하였으면 좋겠소?"

전쟁에 공을 세우면 그에 해당하는 무언가를 주어야 했다.

그런데 헤이론 왕국은 아직 브레인에게 줄 것이 없었다.

브레인이 가지고 있는 자금력은 이미 왕국도 알고 있을 정도로 많았고 작위도 이미 공작의 자리에 있으니 이제는 무엇을 줘야 하는지가 고민이 되었다.

"폐하, 이번 전쟁에서 승리를 하면 얻은 토지의 절반에 해당하는 곳을 주겠다고 하셨으니 다른 포상은 하지 않아도 될 것입니다. 이미 한나라를 세울 공국을 만들어 주는 것인데 무엇을 더 주겠습니까."

"폐하, 전쟁이 아직 끝나지는 않았지만 이미 승리를 한 것과 같습니다. 하지만 바이탈 왕국이 패전에 대한 보상을 한다고 하며 영지를 주지 않을 수도 있습니다. 이를 생각하시고 준비를 하시는 것이 좋을 것입니다."

귀족들은 브레인이 이번 전쟁에 세운 공을 생각하면 무엇을 주어도 아깝지 않았지만 문제는 무엇을 주느냐에 달렸다는 것이 문제였다.

국왕은 머리가 아픈지 잠시 고개를 흔들고 있었다.

국왕이 이런 고민을 하고 있을 때 브레인의 전공은 왕국 내의 모든 곳에 소문이 퍼지고 있었다.

이는 브레인의 아버지인 제임스가 있는 포리 마을에도 들려왔다.

"이보게 제임스, 우리 왕국에 브레인이라는 이름을 가진 명예 공작이 이번 전쟁에 대단한 공을 세웠다고 하는데 들었는가?"

제임스를 부른 남자는 평소에 제임스를 동생처럼 생각하는 카리스였다.

"아니, 카리스 형님 무슨 소문입니까?"

"자네는 소문도 듣지 못했나. 우리 왕국에 브레인 공작님이 계시는데 이번 전쟁에서 바이탈 왕국군이 엄청난 피해를 입혔다고 하네. 브레인 공작님은 카이라 제국의 파올로 백작가의 장남이라고 하던데 이름이 자네 아들과 같아 기분이 좋다네."

"형님, 정말 브레인이라고 했습니까?"

여행을 간다고 하고는 소식이 없었는데 지금 보니 왕국의 명예 공작이 되어 전쟁에 참여하였다고 해 마음이 불안해졌다.

"그래, 우리 마을의 청년과 이름이 같다고 하여 마을 사람들도 모두 좋아하고 있다네."

"고맙습니다. 형님."

제임스는 그렇게 인사를 하고는 빠르게 집으로 돌아갔다.

집으로 돌아온 제임스는 급히 방으로 들어갔다.

방 안에의 구석에는 아주 오래된 상자가 있었는데 제임스가 노라와 결혼을 하고는 상자를 열어보지 않은 것이었다.

제임스는 떨리는 손으로 상자를 열었다.

상자의 안에는 오래된 기사의 갑옷이 있었다.

제임스는 죽은 체이서의 갑옷을 아직까지 보관을 하고 있었던 것이다.

복수심을 버렸지만 가문을 버릴 수는 없어 아직까지 보

관을 하고 있었는데 이제 이 갑옷을 사용할 때가 왔다고 생각하였다.

제임스는 갑옷을 꺼내 밖으로 가지고 나갔다.

오랜 시간을 상자 안에만 있었으니 녹이 나서 손을 봐야 했기 때문이었다.

제임스가 갑옷을 가지고 나오고 있을 때 노라가 집으로 들어오고 있었다.

"아니, 제임스 그 갑옷은 왜 꺼내신 거예요?"

"오랫동안 보관만 하니 녹이 나서 손질을 하려고 하오."

노라는 제임스의 눈빛을 보고 말과는 다른 일이 생겼다는 것을 느꼈다.

"제임스, 무슨 일이에요?"

노라의 간절한 눈빛에 제임스는 사실을 모두 말해 주었다.

브레인이 지금 헤이론 왕국의 명예 공작으로 전쟁에 참여를 하고 있다고 해 주었다.

어차피 시간이 지나면 모두 알게 되는 사실이니 속이고 싶지가 않아서였다.

한참의 시간이 지나도록 이야기를 듣고만 있던 노라가 제임스를 보며 입을 열었다.

"당신은 지금 브레인에게 가려는 것인가요?"

"그렇소. 아들이 전쟁에 참여를 하였다는데 그냥 있을 수가 없었소."

"좋아요. 그러면 우리 함께 가요. 당신이 없는 마을에 혼자 기다리고 있기는 싫어요."

"노라, 전장으로 가는 길은 당신과 함께 갈 수가 없소."

제임스는 노라의 말에 당황하여 말리려고 하였지만 노라의 눈에 눈물이 흐르는 것을 보고는 더 이상 말을 할 수는 없었다.

"흑, 흑, 당신이 떠나고 제가 여기서 무엇을 하고 있을까요. 우리 죽어도 함께 가서 죽어요."

제임스는 아내의 눈물에 결국 혼자 가려는 마음을 함께 가는 것으로 고치고 말았다.

죽어도 같이 죽고 살아도 함께 살자는 생각에서였다.

아들은 저렇게 가문을 살리기 위해 노력을 하고 있는데, 자신은 이렇게 편하게 살고 있는 것이 가문에 죄를 짓는 기분이 들어서였다.

"갑시다. 나와 함께 갑시다. 우리 가서 아들의 얼굴도 보고 그럽시다."

"저… 정말이지요? 그렇게 말하고는 혼자 가는 것은 아니지요?"

노라는 예전에 제임스가 자신을 두고 떠난 사실을 아직

도 기억하고 있었다.

함께 간다고 하고는 자신이 잠이 든 사이에 혼자 떠난 것이다.

일 년이라는 시간이 지나 돌아오기는 했지만 그 시간 동안 얼마나 마음 조리며 고통스럽게 살았는지를 생각하면 아직도 기억에 생생하게 남아 있었다.

제임스도 그런 노라의 마음을 알고 있기에 입가에 미소를 지으며 말을 해 주었다.

"노라, 예전에는 나도 철이 없어 혼자 갔지만 지금은 아들을 보러 가는 길이니 혼자 가지는 않을 테니 걱정하지 마시오."

전에는 몰랐는데 이제는 제임스의 말에 믿음이 가는 노라였다.

"알았어요. 당신의 그 약속 지킬 것이라 믿어요."

노라는 행복한 미소를 지으며 제임스의 품에 안겼다.

부부는 그렇게 잠시의 행복을 즐겼다.

제임스는 가문의 갑옷을 깨끗하게 손질하여 여행 가방에 넣고 아내인 노라와 함께 가기 위해 작은 마차를 준비하였다.

"노라, 아직 준비가 끝나지 않았소?"

"이제 나가요."

문을 열고 나오는 노라의 양손에는 많은 짐이 들려 있

었다.

마치 이사를 가는 기분이 드는 제임스였다.

"아니, 어디 이사를 가는 거요?"

"제임스, 우리 여행은 처음이니 준비를 확실히 해야지요."

노라는 어제와는 다른 분위기를 풍겼다.

어제는 정말 아름다운 아내의 모습이었다면 오늘은 악착같은 여편네의 모습이었다.

제임스와 노라는 한참의 실랑이를 하고는 필요한 것만 챙기고 떠나게 되었다.

무려 한나절이라는 시간이 걸려서 말이다.

마차는 열심히 수도를 향해 달려갔다.

포리 마을에서 왕국의 수도까지 가는 길은 걸어서도 두 달의 시간이 걸리는 장거리였다.

마차를 타고 간다고 해도 달 반은 걸리는 거리였기에 제임스는 몰라도 노라에게는 부담이 되는 거리였다.

"노라, 괜찮겠소?"

"아직은 견딜 만해요. 걱정하지 마세요."

마차에 타고 있지만 몸에 힘이 없는 모습이었다.

제임스는 그런 노라를 보며 걱정스러운 얼굴을 하고 있었다.

집을 떠난 지 한 달의 시간이 지나니 노라의 상태가 눈에 띄게 약해지고 있었다.

"노라, 오늘은 여기서 쉬었다가 갑시다."

"아니, 벌써 쉬면 시간이 더 걸리잖아요."

"아니요. 수도까지는 아직 시간이 많이 남았으니 조금 쉬었다가 갑시다."

제임스가 자꾸 쉬자고 하니 노라도 결국 따르기로 했다.

"알았어요. 당신이 알아서 하세요."

제임스는 아내의 상태가 좋지 않아 걱정스러운 눈빛이었다.

마차에 잠자리를 마련해 놓고 노라가 잠이 들자 제임스는 고민을 하기 시작했다.

이 상태로는 더 이상 가는 것은 무리라는 것을 자신도 느끼고 있었다.

방법은 결국 브레인에게 통신을 하여 연락을 하는 것인데 다음 영지에 가서 과연 자신의 말을 믿어 줄지가 문제였다.

일단 가문의 갑옷을 가지고 왔으니 다음 영지에 도착을 하면 갑옷으로 갈아입고 영주를 만나 보기로 마음을 정했다.

아내를 저대로 죽게 할 수는 없는 일이었다.

최소한 아들의 얼굴을 보기 전에는 죽어서는 안 되었다.

제임스는 그렇게 마음을 정하고 자는 아내의 얼굴을 가만히 쓰다듬어 주었다.

"으음."

노라는 자면서도 남편의 손길을 알았는지 신음 소리는 냈다.

그동안 아픔을 참는 것에는 익숙한지 노라는 아프면서도 신음 소리 한번 내지 않고 있었던 것이다.

"당신의 말대로 우리 죽어도 함께 죽읍시다. 브레인을 보기 전에는 절대 죽지 말고……."

제임스는 마음속의 말을 그대로 자고 있는 아내의 얼굴을 보며 말해 주었다.

노라는 자면서도 남편의 말을 듣고 있는 것처럼 입가에 살포시 미소가 그려졌다.

10.

전장에 도착한 부모님

제임스는 마차를 달려 가장 가까운 영지에 도착을 하였다.

마차를 달리면서 갑옷으로 갈아입고 오는 길이라 영지의 병사들은 기사의 갑옷을 입은 제임스를 막지 않았다.

병사가 기사를 막았다가 기사의 검에 죽으면 자신만 손해였기 때문에 병사들은 기사들을 가장 무서워했다.

마차는 병사들이 있는 앞에 멈추어 섰다.

"여기 영주님이 누구신가?"

"예, 여기는 파이렌 자작님이 다스리는 영지입니다."

"자네가 영주님이 계시는 곳으로 안내를 해 주게."

기사의 명령은 절대적이었다.

"예, 알겠습니다. 기사님."

병사는 제임스의 말에 바로 안내를 하였다.

파이렌 자작은 지방 영주지만 영지민에게 잘해 주는 좋은 영주였는지 병사의 평이 좋았다.

제임스는 병사에게 여러 가지를 질문하였고 병사는 아는 것에 대해서는 자세히 알려 주었다.

병사의 안내로 영주가 거주하는 곳에 도착을 하니 저택의 입구에는 기사가 나와 있었다.

누가 보고를 하였는지는 모르지만 영주는 이미 기사가 도착을 하여 자신이 있는 곳으로 오고 있다는 보고를 받은 모양이었다.

"파이렌 영지의 기사 볼턴이라고 합니다. 신분을 알려 주시기 바랍니다."

볼턴은 자신의 앞에 있는 기사가 제국의 기사라는 것을 한눈에 알아보았다.

눈앞의 기사는 가문의 문장이 있는 갑옷을 입었는데 아직 누구인지를 모르니 신분을 알려고 하였다.

"볼턴 경. 나는 카이라 제국의 파올로 백작가의 주인 제임스 폰 파올로이네. 자네의 영주님을 보기 위해 왔네."

제국의 백작이 직접 왔다는 것에 볼턴은 바짝 긴장이 되고 말았다.

제임스는 그런 볼턴을 보며 급하게 다시 말을 하였다.

"마차에는 급한 환자가 있어 시간이 없으니 바로 연락을 해 주기 바라네."

"예, 잠시만 기다려 주십시오. 백작님."

볼턴은 빠르게 대답을 하고는 바로 파이렌 자작에게 갔다.

자신의 선에서는 처리를 하지 못하는 문제였기 때문이다.

파이렌 자작은 지금 차를 마시며 즐거운 사색에 빠져 있었는데 갑자기 문을 박차고 들어오는 볼턴 때문에 눈살을 찌푸렸다.

"무슨 일인데 그렇게 난리를 치나?"

"자작님, 지금 카이라 제국의 백작님이 직접 영지에 오셨습니다."

"뭐라고? 카이라 제국의 백작님이 오셨다고?"

"예, 마차도 허술하고 해서 기사라고 생각했는데 본인이 직접 제국의 백작이라고 신분을 밝혀 주었습니다. 입고 있는 갑옷이 제국의 갑옷이라 일단 신분 확인은 하지 않았지만 말하는 것이 귀족이었습니다."

"어서 안으로 모시게. 아니, 같이 가세."

파이렌 자작은 갑자기 나타난 제국의 백작이 무슨 일로 자신을 찾아온 것인지 궁금하기도 했고 조금 불안하기도 했다.

지금 자신의 왕국은 전쟁을 하고 있는 중이었고, 바이탈 왕국의 뒤에 있는 나라가 바로 카이라 제국이라는 말이 떠돌고 있어서였다.

그런 제국의 백작이 직접 찾아온 것이라면 이는 보통의 일이 아니었기 때문이었다.

파이렌 자작이 직접 제임스가 있는 곳으로 왔다.

"반갑습니다. 저는 영지의 주인인 파이렌 폰 데카리라고 합니다."

"만나서 반갑소, 파이렌 자작. 나는 카이라 제국의 백작인 제임스 폰 파올로라고 하오."

제임스가 자신의 이름을 알려 주니 파이렌 자작의 눈은 더 이상 커지지 않을 정도로 커지고 있었다.

"저… 정말 파올로 가의 백작님이십니까?"

"그렇소, 내가 파올로 가문의 당대 주인이오."

파이렌 자작은 왕국의 명예 공작인 브레인이 바로 파올로 백작가의 장남이라는 것을 알고 있었기에 이렇게 놀라고 있었다.

"어서 오십시오, 저의 영지를 방문해 주셔서 무한한 영광입니다. 백작님."

파이렌 자작은 자신이 할 수 있는 최대한의 예의를 다해 정중하게 인사를 하였다.

제임스는 그런 파이렌 자작을 보고는 바로 브레인의 정

체를 확실히 알게 되었다.

가문의 인장을 주며 이제부터 귀족으로 살든지 아니면 평민으로 살든지 너의 길이니 알아서 하라는 말을 하였는데 아마도 귀족의 생활을 하기로 하였던 것 같았다.

"자작에게 부탁이 있어 이렇게 찾아왔으니 도움을 주었으면 하오."

"무슨 부탁이신지 말씀만 하십시오. 적극 협조를 하겠습니다. 백작님."

"지금 마차에는 아내가 몸이 아파 누워 있는데, 조금 병이 심해서 더 이상 움직일 수가 없게 되었소. 그러니 신관을 초빙하여 주었으면 하오."

제임스는 노라가 지금 기절해 있어 다행이라고 생각했다.

파이렌 자작은 아내라는 말에 이미 정신은 수도로 달리고 있었다.

아내라면 브레인 공작의 어머니라는 말이었기 때문이다.

"백작님. 바로 신관을 불러 치료를 해 드리겠습니다. 안으로 드시지요."

파이렌 자작은 제임스의 신분을 확인도 하지 않고 서둘러 안으로 모셨다.

그런 행동이 파이렌 자작에게는 얼마나 도움이 되었는

지 나중에 알게 되었다.

제임스는 자작의 정중한 안내를 받으며 들어갔고, 볼턴은 지금 눈썹이 휘날리게 신관을 초빙하게 위해 달리고 있었다.

제임스는 느긋한 표정으로 파이렌 자작과 대화를 나누었다.

"자작, 혹시 통신을 할 수 있겠소?"

"어디로 하시고 싶으신지요?"

"나는 아들이 있는 전장으로 통신을 하였으면 하오."

"예, 당연히 가능합니다. 지금 바로 하시겠습니까?"

"그렇소."

제임스는 자작의 안내로 통신구가 있는 곳으로 갔다.

파이렌 자작은 시키지도 않았는데 자신이 직접 통신을 연결하고 있었다.

"여기는 파이렌 영지입니다. 국경성 나오십시오."

국경성은 지금 전쟁을 하는 중이라 통신을 받는 인물이 자신보다도 높을 수도 있으니 조심스럽게 말을 걸었다.

[여기는 국경성인데 무슨 일이요?]

통신구에 보이는 얼굴은 자신과 같은 작위를 가지고 있는 자작이었다.

"여기 우리 영지에 브레인 공작 전하의 아버님이 와 계시오. 지금 브레인 공작 전하와 통신을 연결해 달라고 하시오."

[공작 전하의 아버님이요?]

통신을 받는 귀족은 깜짝 놀랐다.

제국에 계셔야 할 아버지가 어째서 파이렌 영지에 있다는 말인가?

"지금 급하니 일단 공작 전하께 말을 드리시오."

[아… 알겠소. 잠시 기다리시오.]

통신을 받은 귀족은 급하게 자리를 떠났다.

지금 받은 통신은 자신의 일생일대의 중요한 일이 되었기 때문이었다.

국경성에서 조용히 생각에 잠겨 있는 브레인을 찾는 소리가 들렸다.

"공작 전하, 지금 파이렌 영지에서 통신이 왔는데 공작 전하의 아버님이 그곳에 계신다고 합니다."

"아니, 아버지가 어째서 그곳에 있다는 말이냐?"

브레인은 피터의 보고에 놀란 얼굴을 하며 물었다.

"저도 자세한 것은 모르겠습니다. 하지만 통신을 원하고 있다고 하니 지금 가 보시는 것이 좋겠습니다."

"알았소. 지금 당장 가지."

브레인은 바로 자리를 박차고 나갔다.

통신을 하는 곳과는 조금 거리가 있었지만 브레인은 초스피드로 달려 금방 도착을 하였다.

통신실에는 비상이 걸려 있었고 마법사와 기사들이 대거 모여 있었다.

"공작 전하를 뵈옵니다."

"어서 오십시오. 공작 전하."

"아, 그만하고 나에게 통신이 와 있다고 하지 않았소?"

"예, 그렇습니다. 여기로 어시지요."

마법사의 안내로 통신구가 있는 곳으로 간 브레인은 통신구에 보이는 얼굴이 아버지가 아니기에 바로 물었다.

"나는 브레인 공작인데 나에게 통신을 요구하신 분은 어디에 계시오?"

"충! 공작 전하를 뵈옵니다. 옆에 계시니 잠시만 기다려 주십시오."

파이렌 자작은 브레인의 얼굴을 보고 인사를 하기 위해 아직까지 남아 있었던 것이다.

파이렌 자작은 가문의 영광이라는 생각이 들었다.

왕국의 영웅이 될 브레인 공작과 작은 인연이 생겼으니 이는 정말 엄청난 행운이었기 때문이다.

"통신을 하시지요. 백작님."

"고맙소, 자작."

제임스는 통신구에 보이는 아들의 얼굴을 이미 확인하였기에 더 이상 지체하지 않고 바로 통신구의 앞에 섰다.

"브레인. 제국으로 가지 않고 왕국에 있었느냐?"

"아… 아버지… 어떻게 거기에 계시는 거예요?"

"휴우, 말을 하자면 길다. 어머니가 아파 잠시 신세를 지기 위해 이곳이 있는 중이다."

"예? 어머니가 아프시다고요? 아니, 얼마나 아프신데 그러시는 거예요?"

제임스는 브레인이 알아듣게 이야기를 해 주었다.

마차를 타고 이동을 하는 동안 건강이 급속하게 안 좋아져서 결국 파이렌 자작의 신세를 지게 되었다고 말이다.

브레인은 아버지의 말을 들으면서 그동안 자신이 너무 무심했다는 것을 알았다.

부모님을 모신다는 생각은 하고 있으면서 정작 모시지는 않았다는 것이 가슴을 아프게 했다.

"아버지 죄송합니다. 제가 잘못했습니다. 지금이라도 제가 그리로 가겠습니다."

"너는 지금 전장의 사령관으로 있는 것으로 아는데 어찌 그리 무책임하게 움직인다는 말이냐. 그렇게 행동하려면 찾아올 생각도 하지 마라."

제임스는 전장이 어떤 곳인지를 알고 있었다.

자신도 용병 생활을 하면서 영지전을 경험해 보았기 때문이다.

브레인은 아버지의 말을 듣고 자신이 또 실수를 하였다

는 것을 깨달았다.

"죄송합니다. 아버지."

"아니다. 여기서 치료를 하고 함께 갈 것이니 그리 알고 있어라."

"예, 알겠습니다. 아버지."

브레인은 아버지의 모습을 눈에 담아 두려는지 한참을 통신구 앞에 서서 보고 있었다.

두 부자는 그렇게 서로의 얼굴을 보고만 있었다.

아무 말이 없이 보고만 있으니 통신구는 자동으로 끊어졌지만 브레인은 떠나지 않고 그대로 있었다.

피터는 그런 브레인을 보며 조용히 말을 걸었다.

"공작 전하, 우선 부모님이 계시는 곳으로 마차를 보내드리는 것이 어떠십니까?"

"마차뿐만 아니라 기사들도 보내도록 해. 여기까지 오시는 동안 불편하지 않게 조치를 취해 줘."

"알겠습니다. 공작 전하."

브레인은 다시 자신의 자리로 돌아갔지만 브레인의 아버지가 왕국의 파이렌 영지에 있다는 소식은 바로 수도의 국왕에게 전해졌다.

수도에는 국왕과 귀족들이 모두 난리가 났다.

지금 한참 전쟁을 하고 있는 중이었고 바이탈 왕국의 뒤에 있는 나라가 바로 카이라 제국이라는 것을 알고 있는데 그 카이라 제국의 고위 귀족이 브레인 공작의 아버지라고 하니 왕국의 귀족들과 국왕이 놀라지 않을 수가 없었다.

"아니, 도대체 제국의 백작이 무슨 일을 당하였기에 저리 초라하게 될 수 있는 것이오?"

"폐하, 지금은 그런 것이 중요한 것이 아닙니다. 브레인 공작의 아버지가 만약에 제국으로 돌아오라는 말을 전하기 위해 온 것이라면 이는 정말 왕국의 멸망까지도 보아야 하는 일입니다."

국왕도 브레인의 가문에서 보낸 기사들이 얼마나 대단한 기사들인지를 알고 있었다.

그런 기사들과 브레인 공작이 제국으로 간다고 생각하니 머리가 어지러웠다.

"그럼, 정말 큰일이 아니오?"

"그렇습니다. 우선은 파이렌 영지로 사람을 보내 그의 어머니를 치료하는 것에 최선을 다해 도움을 주면서 목적이 무엇인지를 알아야 합니다. 이제 헤이론 왕국에서 브레인 공작 전하가 가지고 있는 비중은 무엇보다도 크다고 보아야 합니다."

"흠, 이거 참."

국왕은 제임스의 등장에 골치가 아팠다.

전쟁 중이 아니라면 문제가 아니지만 지금은 한참 전쟁

을 하고 있는 중이었기에 그랬다.

"일단 파이렌 영지로 신관을 급히 파견을 보내서 어머니의 건강을 치료하라고 하시오. 그리고 왕궁의 마차를 보내 그들을 이리로 모시도록 하시오."

국왕은 브레인의 부모님을 전장으로 보내고 싶지가 않았다.

만약에 브레인이 그대로 제국으로 가게 되면 헤이론 왕국은 더 이상 희망이 없었기 때문이었다.

"알겠습니다. 폐하."

국왕의 명령에 왕궁의 왕족들만 타고 다니는 마차가 급히 파이렌 영지로 떠났다.

파이렌 영지는 때 아닌 호황을 맞이하고 있었다.

영지에 얼마 없던 여관들이 연일 만원이라 이제는 평민들이 사는 집 중에 제법 좋은 곳을 빌려 자는 사람들도 늘었다.

파이렌 영지에서는 최선을 다해 노라의 치료를 했다.

"파이렌 자작 고맙소. 내 은혜는 잊지 않을 것이오."

"아닙니다. 저로서는 당연히 해야 하는 일을 한 것입니다. 백작님."

제임스는 파이렌 자작이 자신에게 잘해 주는 이유를 알고 있었지만 그냥 모르고 있는 것처럼 대하고 있었다.

사실 처음에 도움을 받은 것은 사실이었고 있는 동안

자신들에게는 진심으로 대해 주고 있으니 나중에 은혜는 반드시 보답을 해 주려고 하였다.

"자작님, 지금 왕궁의 마차가 영지의 입구에 도착하였습니다."

"아니, 왕궁의 마차가 우리 영지에는 왜 온다는 말이냐?"

"국왕 폐하의 명령으로 왔다고 합니다."

"당장 나가자."

파이렌 자작은 왕궁의 마차와 국왕의 명령이라는 말에 지체 없이 달려 나갔다.

변방의 자작이 무슨 힘이 있겠는가.

영지의 입구에는 왕실의 마차가 대기를 하고 있었다.

이들은 사실 그냥 지나쳐도 되지만 브레인 공작의 아버지가 계시는 곳이라 일부러 예의를 차리고 있는 중이었다.

"파이렌 자작입니다. 어찌 오셨는지요?"

파이렌 자작은 마차의 앞에 서 있는 남자를 보고 신분을 물었다.

"반갑습니다. 저는 브레인 공작 전하의 기사단장인 제이슨 자작입니다. 그리고 마차 안에는 수도에 계시는 신관님들을 모시고 왔습니다. 모두 국왕 폐하의 뜻입니다."

제이슨은 브레인이 직접 명령을 내려 이렇게 제임스를 보호하기 위해 왔다.

물론 가장 중요한 어머니의 건강을 신경 써서 치료를 하라는 말도 있었고 말이다.

"이런 귀한 손님이 오셨군요, 안으로 드시지요."

파이렌 자작은 제이슨의 말에 바로 정중한 모습을 보였다.

헤이론 왕국에서 브레인을 모르는 귀족은 아무도 없었다.

그만큼 이제는 브레인은 실세라는 말이었다.

제이슨은 자신을 대하는 파이렌 자작을 보고 조금은 씁쓸한 미소를 지었다.

주군의 입지 때문에 자신이 대접을 받고 있다는 기분이 들어서였다.

'나의 주군이시니 당연히 존경을 받아야 하지만 나를 몰라주는 사람들이 너무 많구나. 다음에는 반드시 실력을 키워 공을 세워 나도 이름을 알리도록 하자.'

제이슨은 브레인의 명성을 흠모하지만 질투를 느끼지는 않았다.

그만큼 진심으로 브레인을 존경하고 있어서였다.

제이슨은 파이렌 자작의 안내로 제임스가 있는 곳으로 안내를 받았다.

"인사드립니다. 제이슨 자작이라고 합니다. 지금 공작 전하의 기사단 중에 레드 기사단의 단장을 맡고 있습니다."

"아, 반갑소. 제이슨 단장."

"저에게는 편하게 말씀을 해 주십시오. 제가 듣기에는 거북하니 그냥 대해 주시기를 바랍니다. 백작님."

"그래도 되겠소?"

"예, 그렇게 해 주시는 것이 더 편합니다. 백작님."

"알겠네. 그러면 나도 편하게 대하도록 하지."

제이슨은 제임스의 하대에 편하게 웃을 수 있었다.

주군의 아버지에게 존대를 받을 수는 없는 일이었다.

"공작 전하께서 어머님의 병세가 심하시면 이 포션을 드리라고 하셨습니다."

제이슨이 제임스에게 주는 포션은 왕국에서도 구하기 힘든 최상급의 포션이었다.

브레인은 최상급의 포션을 전에 구하기는 했지만 사용하지 않고 보관을 하고 있었는데, 이번에 어머니를 위해 사용하게 되어 매우 기쁘게 생각하였다.

제이슨은 그런 브레인의 마음을 그대로 전해 주었다.

제임스는 아들 덕분에 자신과 아내가 호강을 한다고 생각했다.

자신은 가문의 부활에 대해서는 생각지도 않았는데 아들인 브레인은 이미 가문의 부활을 하고 있었기 때문이다.

"고맙게 받도록 하지."

"아닙니다. 저는 공작 전하의 심부름만 해 드리고 있는 것입니다. 백작님."

제이슨의 말에 제임스는 그냥 미소로 답변을 대신하였다.

"아참, 백작님 지금 밖에는 국왕 폐하께서 신관을 보내주셨습니다. 신관님들이 공작 전하의 어머님을 치료하시기 위해 이곳에 오신 것입니다."

"아, 정말 고마운 일이오. 당장 가 봅시다."

파이렌 자작이 신관을 불러 치료를 하기는 했지만 하급 신관의 신력으로는 병의 치료는 되지 않고 있었다.

더 이상 악화는 되지 않았지만 치료도 되지 않아 시간이 필요하다고 생각하고 있었는데 수도의 고위 신관이 왔다면 이야기는 달라졌다.

제임스는 제이슨과 고위 신관이 있는 곳으로 갔다.

신관들은 이미 마차에서 내려서 주변을 구경하고 있는 중이었다.

제이슨은 신관들이 있는 곳으로 가서 제임스의 소개를 해 주었다.

"여기 계시는 분이 브레인 공작 전하의 아버님이십니다."

제이슨의 소개로 제임스는 신관에게 인사를 하였다.

"제임스라고 합니다. 신관님."

"아, 안녕하십니까. 페드로 신관입니다. 백작님."

"저의 아내를 치료하시기 위해 이렇게 먼 곳에 오신 것에 먼저 감사의 인사를 드립니다."

제임스는 정중하게 인사를 하였다.

신관도 제임스가 비록 공작의 아버지이기는 하지만 자신들에게 아주 정중하게 예의를 차리는 것에 아주 만족한 표정들이었다.

공작의 신분이 되면 보통 신관에게 예의는 지키지만 이 정도로 정중하지는 않았다.

그러니 신관의 입장에서는 아주 신선한 느낌을 받는 기분이 되고 있었다.

"그럼 환자분이 어디 계시는지 안내를 부탁드리겠습니다."

신관은 제임스의 태도에 아주 마음에 들었는지 먼저 치료를 하고자 하였다.

제임스는 신관의 말에 바로 그들을 안내하였다.

"이쪽으로 오시면 됩니다. 신관님."

제임스는 신관들에게 절대 말을 함부로 하지 않았다.

신관들은 그런 제임스의 태도가 점점 마음에 들었고 아내를 치료하는데 힘을 많이 써야겠다는 생각을 하게 되었다.

'저 사람의 아내가 아프다고 하니 오늘은 정말 제대로 힘을 써야겠다.'

신관들이 그런 생각은 모두가 같았는지 입가에 생기는 미소가 같아 보였다.

제임스가 안내를 한 방에는 노라가 누워 있었는데 얼마나 아팠으면 모든 기운을 소진한 모습을 하고 있었다.

"저기 보이는 사람이 저의 아내입니다. 신관님."

제임스는 아내인 노라를 가리키며 알려 주었다.

신관들은 고개를 끄덕이며 노라가 있는 곳으로 갔다.

노라의 상태를 보던 신관들은 모두 고개를 끄덕이는 것이 무언가 말은 하지 않았지만 통하는 것이 있는 모양이었다.

"전능하신 우리 주신님의 이름을 빌려 지금 환자의 고통을 해소할 수 있도록 해 주십시오."

신관들의 기도 소리에 점점 분위기는 엄숙해지고 있었지만 신관들의 손에서 나는 광채는 노라의 몸을 치료하고 있었다.

한참의 시간이 지나자 신관들도 지쳤는지 이마에 땀을 흘리고 있었다.

"으으음."

노라는 그런 신관들의 노력에 작은 신음 소리를 냈다.

소리가 나자 신관들은 더 이상 버티기가 힘이 드는지 신성력을 멈추었다.

"오늘은 이만 하고 내일 다시 해야겠습니다. 아마도 삼일 정도만 치료를 하시면 다시 일어나실 것입니다."

"고맙습니다. 정말 고맙습니다. 신관님."

제임스는 아내의 모습에 감사를 하고 있었다.

자신의 눈으로 보기에도 아내의 상태가 호전되고 있었기에 감사를 하는 모습에 진심이 담겨 있었다.

처음에는 국왕의 명령에 온 것이지만 지금은 스스로 치료를 하려고 하였기에 이들의 마음도 흡족했다.

신관들의 숙소는 따로 준비를 하였는지 파이렌 자작이 신관들을 안내하였다.

제임스는 신관들의 치료에 아내가 편안해하는 모습을 보자 기쁨의 눈물을 흘렸다.

자신을 만나 평생 고생만 했는데 이렇게 그냥 보낼 수는 없었다.

제임스는 브레인이 보낸 포션도 먹이려고 하였다.

하루라도 빨리 회복이 되었으면 하는 마음에서였다.

"노라, 당신이 빨리 회복이 되려면 이 포션을 먹어야겠소."

제임스는 포션을 먹이기 위해 노라의 입을 벌리고 목을 들어 천천히 흘러들어 가게 해 주었다.

시간이 걸렸지만 포션을 모두 노라의 입에 넣어 준 제임스는 마음이 편해졌다.

이제 아내는 살 수가 있다는 생각이 들어서였다.

"당신의 아들이 지금 얼마나 대단한 인물이 되어 있는지 알게 되면 당신도 놀라게 되겠지."

제임스는 혼자 중얼거리며 아내인 노라의 편해 보이는 얼굴을 지켜보았다.

파이렌 자작의 저택에는 레드 기사단이 삼엄하게 경비를 서고 있었다.

예전에는 이런 일이 없었는데 지금은 누구보다 중요한 주군의 부모님이 계시는 곳이라 기사들도 신경이 날카롭게 변해 있었다.

모두가 잠이 든 어두운 밤 제임스는 아내인 노라의 옆에 누워 있었다.

"으음."

약간의 신음 소리가 나면서 노라는 정신을 차리고 있었다.

정신을 들자 자신의 옆에 있는 사람이 남편인 제임스라는 것을 본능적으로 느낄 수 있었다.

"여기가 어디지?"

노라는 정신이 들자 자신이 누워 있는 곳이 침대라는 것을 알았다.

그런데 이상한 것은 침대가 자신이 알고 있는 그런 침대가 아닌 매우 포근함을 주는 침대라 이상하게 생각이 들었다.

노라는 가만히 제임스의 얼굴을 만졌다.

"응? 노라 정신이 든 것이오?"

제임스는 자신의 얼굴을 만지는 손길에 정신을 차리고 바로 일어서며 아내의 얼굴을 보았다.

"예, 이제 정신이 들어요."

"미안하오. 당신에게는 정말 미안하오. 노라."

"아니에요. 저에게 미안하지 마세요. 저에게는 당신이 유일한 남편이자 기댈 수 있는 분이잖아요."

제임스는 아내의 말에 더 이상 다른 말을 할 수가 없었다.

그러면서 노라가 깨어난 것이 포션 때문이라는 생각이 들었다.

"노라, 우리 아들이 얼마나 대단한 인물이 되었는지를 아시오?"

"우리 아들이라면 브레인을 말하시는 거예요?"

"그렇소. 브레인이 지금 헤이론 왕국의 명예 공작의 작위를 받은 것은 알고 있을 것이오. 하지만 브레인이 마스터의 경지에 도달한 사실은 당신도 모르고 있을 것이오."

노라는 제임스의 말을 들으면서 깜짝 놀라고 있었다.

"예? 우리 브레인이 진짜로 마스터가 되었나요?"

"그렇소. 브레인의 기사단이 지금 여기서 우리를 지켜주기 위해 와 있다오. 기사들의 눈빛을 보니 브레인이 얼마나 존경을 받고 있는지를 알 수가 있었다오."

제임스의 말에 노라는 너무 놀라웠고 기뻤다.

아들의 성공을 싫어하는 부모는 없었다.

"정말이지요?"

"그렇소. 왕국의 국왕이 당신을 치료하기 위해 신관을 보낼 정도로 브레인은 헤이론 왕국에서 대접을 받고 있는 모양이오. 당신의 치료를 마치면 바로 브레인을 보러 가 봅시다."

"그래요, 가야지요, 저도 우리 브레인이 너무 보고 싶어요."

노라와 제임스는 그렇게 브레인에 대한 이야기를 나누며 시간이 가는 줄도 몰랐다.

다음 날 신관들은 다시 치료를 하러 왔다가 노라의 상태를 보고는 깜짝 놀랐다.

어제와는 다르게 완전한 치료가 되어 있었기 때문이었다.

"아니, 어제는 이렇지 않았는데 어떻게 된 겁니까?"

"어제 제가 아들이 보낸 포션을 먹였습니다. 신관님."

제임스의 말에 신관은 이해를 했다는 표정이었다.

"그렇군요. 그래도 건강을 회복하셔서 다행입니다."

"감사합니다. 신관님."

"감사드려요. 신관님."

제임스와 노라는 신관에게 정중하게 감사의 인사를 하였다.

헤이론 왕국의 수도의 정문에는 지금 왕궁의 마차가 열심히 달려오고 있었다.

이미 연락을 받은 기사들은 정중하게 마차를 통과시키고 있었다.

왕궁의 마차는 검문 없이 통과를 할 수 있는 일종의 신분증이었다.

마차에 있는 사람은 제임스와 노라였다.

신관들은 다른 마차를 이용하여 오고 있는 중이었다.

이는 국왕이 두 사람에게 편의를 제공하기 위해서였다.

제임스는 노라에게 귀족들에게 인사하는 방법과 기본적인 예절에 대해 오는 동안 알려 주었다.

이제부터는 아들이 공작이기 때문에 자신들도 귀족으로서 품위가 있어야 했기 때문이다.

노라는 아들의 일이니 불편해도 참고 묵묵히 배웠다.

"노라. 우리가 만약에 국왕을 만나게 되면 조금은 조심을 하기 바라오. 우리의 신분이 알려지는 것은 문제가 없지만 그렇게 되면 브레인의 입장이 곤란하게 되기 때문이오."

"알고 있어요. 저도 조심할게요."

두 사람이 왕궁으로 입궁을 하고 있을 때 브레인은 전

장에서 부모님이 국왕의 초청을 받은 사실을 보고 받고 있었다.

"공작 전하, 두 분은 국왕 폐하의 초청을 받아 지금 왕궁으로 가고 있다고 합니다."

"국왕이 나의 부모님을 초청했다. 무슨 이유로?"

"아마도 국왕 폐하께서 아시고 계시는 신분 때문이겠지요."

"엔더슨. 너는 부모님의 사정을 알고 있으니 어떻게 했으면 좋겠니?"

엔더슨은 브레인의 말에 잠시 생각을 하는 모습을 보였다.

귀족인 아버지는 문제가 없지만 평민인 어머니는 문제가 되는 일이었다.

물론 브레인이 어느 정도 자리를 잡고 있다고는 하지만 기본적으로 귀족과 평민의 입장은 달랐다.

"지금은 어떤 방법을 사용해도 소용이 없습니다. 아직은 시간이 부족하니 말입니다."

"혹시 말이야, 아버지는 국왕의 초청에 응한 것이 어머니 때문이 아닐까?"

"그것은 모르겠지만 제 생각에는 어머님에게 귀족으로서의 예법을 알려 주었을 것이라고 생각합니다. 아버님께서는 귀족이시니 어느 정도는 예절에 대해서 알고 계시는

분이시니 말입니다."

"나도 그렇게 생각해. 그러니 국왕의 초청에 응하신 것이겠지."

브레인은 국왕의 속마음을 모르니 여러 가지의 상황을 예측해 보고 있었다.

엔더슨도 방법이 없으니 어쩔 수 없는 일이었고 말이다.

브레인의 부모님이 왕궁에 가서 무슨 일을 생길지는 아무도 모르는 일이었다.

〈『영웅전설』 3권에서 계속〉

영웅전설

1판 1쇄 찍음 2011년 4월 8일
1판 1쇄 펴냄 2011년 4월 13일

지은이 | 무 람
펴낸이 | 정 필
펴낸곳 | 도서출판 **뿔미디어**

기획 | 이주현, 문정흠, 손수화
편집책임 | 이재권
편집 | 장상수, 심재영, 조주영, 주종숙, 이진선
관리, 영업 | 김기환, 김미영

본문, 표지 인쇄 | 광문인쇄소
제본 | 성보제책사

출판등록 | 2002년 9월 11일 (제1081-1-132호)
주소 | 부천시 원미구 상3동 533-3 아트프라자 503호 (우)420-861
전화 | 032)651-6513 / 팩스 032)651-6094
E-mail | BBULMEDIA@paran.com
홈페이지 | www.bbulmedia.com

값 8,000원

ISBN 978-89-6639-006-9 04810
ISBN 978-89-6639-004-5 04810 (세트)

※파본은 본사나 구입하신 서점에서 교환하여 드립니다.

BBULMEDIA

http://www.bbulmedia.com

BBULMEDIA
http://www.bbulmedia.com